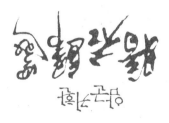

악군귀환
靑春歸還 5

초판 1쇄 인쇄일 2016년 12월 21일 ㅣ **초판 1쇄 발행일** 2016년 12월 22일

지은이 용우 ㅣ **펴낸이** 곽동현 ㅣ **담당편집 팀장** 이범수
편집부 신연제 이윤아 홍현주 김유진 조서영

펴낸곳 (주)조은세상 ㅣ 출판등록 제 2002-23호
주소 경기도 연천군 미산면 청정로 1355
TEL 편집부 02)587-2966 ㅣ FAX 02)587-2922
e-mail bukdu@comics21c.co.kr

ⓒ용우 2016
ISBN 979-11-5832-802-3 ㅣ ISBN 979-11-5832-658-6(set) ㅣ 값 8,000원

암군귀환

暗君歸還 ⑤

용우 신무협 장편소설

ORIENTAL FANTASY STORY

북두
(주)조은세상

CONTENTS

NEO ORIENTAL FANTASY STORY

騎歸猎去黑夜 44 章

44 章

저 멀리 봉황곡을 떠나가는 휘들을 바라보는 봉황곡주의 얼굴이 그리 좋진 않다.

그것을 눈치 챈 신아영이 입을 연다.

"불안하신 모양입니다."

"불안? 그래, 그럴 수도 있겠구나. 조용히 살아가려는데 그게 쉽지만은 않구나."

쓰게 웃으며 뒤를 돌아보는 그녀.

평화로운 봉황곡의 모습.

특별한 일이 있지 않는 한 남자의 출입이 금지되는 이곳이기에 자유분방한 모습으로 나다니는 여인들.

봉황곡이 처음 세워진 것도 여인들이 자유롭게 있을 수

있는 곳을 만들기 위해서였다.

그러기 위해선 힘이 필요했고, 시간이 흘러 지금의 봉황곡을 존재하게 만들었다.

'힘은 생겼으나 그에 따르는 책임도 막중하구나.'

고개를 흔들며 봉황곡주는 제자인 신아영에게 물었다.

"넌 저자의 말을 믿을 수 있느냐?"

"믿지 않았다면 이곳으로 안내하지 않을 것입니다."

"하긴 그렇겠구나."

"전 이번이 기회라고 생각됩니다."

"기회다?"

의외의 말에 봉황곡주의 시선이 그녀에게 집중된다.

"무림에 큰 태풍이 불어 닥친다면 본 곡도 좋든, 싫든 휘말려들 수밖에 없습니다. 그렇다면 믿을 수 있는 사람과 함께 하는 것이 나을 것이라 생각합니다. 더욱이 그 사람이 무림의 미래를 위해 움직인다면 금상첨화이지요."

"금상첨화라…."

"만약 그가 무림에 해를 끼친다고 생각하면 그때 가서 다시 생각을 해도 된다고 봅니다. 그가 원하는 것은 잠시간의 침묵이니 그 동안 상황을 지켜보면 되니까요."

"본 곡으로선 손해를 보지 않는 일이긴 하지."

"저희는 그저 준비만 철저히 하면 됩니다. 철저한 준비만이… 미래로 가는 길이 열릴 것이라 생각합니다."

딱딱하지만 맞는 말만 하는 제자를 보며 봉황곡주는 빙긋 웃으며 고개를 끄덕였다.

"그래. 네 말이 맞구나. 그럼 준비를 해보도록 할까?"

"최선을 다해 돕겠습니다."

"일이 생각보다 쉽게 풀려서 다행이군."

문득 뒤돌아 본 이젠 보이지도 않는 봉황곡을 보며 휘는 고개를 저었다.

봉황곡에 대해 확실히 안다고 할 수 없었기에 만약을 위해 모용혜와 화령까지 불렀는데.

"저희가 한 일이 없네요."

모용혜의 말처럼 그녀들이 할 일이 없었다.

일은 아주 수월하게 풀려서 봉황곡에서 전폭적인 지지를 하기로 약속을 한 것이다.

"단순히 소곡주를 구해준 것으론 이런 결과를 얻기 어려운데 말이죠."

어느새 화령이 게슴츠레한 눈으로 휘를 바라보며 말한다. 그제야 생각난 듯 모용혜 역시 휘를 본다.

두 여인의 시선에 휘는 덤덤히 고개를 저었다.

"지금은 믿고 가는 수밖에."

"끄응…."

신음과 함께 화령은 한숨을 내쉬며 고개를 돌린다.

'점점 여자가 많이 꼬이는 것 같은데. 어쩐다? 오늘이라도 덮칠까? 아니, 덮칠 수는 있나?'

화령의 머릿속이 점점 망상으로 가득 들어차고 있을 때, 모용혜가 물었다.

"봉황곡과 천마신교의 합작이라면 일월신교의 뒤통수를 때릴 수 있겠지만 문제는 뒤가 아니라 앞이네요."

"아무래도."

그녀의 말에 고개를 끄덕이는 휘.

사실 놈들의 뒤를 치는 것도 중요한 일이긴 하지만 그보다 중요한 것은 앞이다.

앞에서 놈들을 막아주고 충분히 버티며 몰아낼 힘이 있어야 하는데… 지금으로선 그게 불가능한 상황이었다.

암문이 얼굴을 트기 시작한 문파는 이제 겨우 몇 곳에 불과하다.

일월신교에 대해 어느 정도 경고를 했다곤 하나, 그것만으론 부족한 것도 사실.

약간의 소란이 있더라도 하나로 뭉칠 수 있는 계기가 있어야 했다.

중원 무림이 하나로 뭉칠 계기.

'이런 상황이면 차라리 일월신교가 전면에 나서는 것이 나을 수도 있지 않을까? 피해가 클까?'

머리가 복잡해진다.

하지만 그것도 잠시.

"이젠 일월신교에서 사고치는 걸 기다려야 하겠네요."

"음?"

"그렇잖아요. 지금 같은 상황에서 무림을 하나로 뭉치게 하는 가장 좋은 방법은 공통의 적을 두는 거니까요. 밀교를 통해서 정도맹이 만들어졌듯이 일월신교가 적으로 나타나면 무림맹이 만들어 질 수도 있잖아요. 내부적으로 시끄럽긴 하겠지만 아예 대비를 하지 못하는 것보단 나을 거 같은데요?"

자신의 말이 틀렸냐는 듯 휘를 바라보는 모용혜.

그 시선에 휘는 고개를 끄덕였다.

"확실히. 그렇지."

그렇지 않아도 같은 생각을 하고 있던 찰나였던 지라 자신도 모르게 피식 웃어버린다.

그 모습에 모용혜의 얼굴이 붉어졌지만 이미 시선을 돌린 휘는 볼 수 없었다.

상황을 지켜본 화령의 얼굴에 불만이 들어차지만 말을 하진 않는다.

굳이 적에게 좋은 일을 할 필요 없을 테니.

그때 문득 떠오른 한 사람.

'그러고 보니… 놈이 나올 때가 아닌가? 어쩌면.'

휘의 눈이 빛난다.

❖

괴검(怪劍) 무결.

일월신교 안에서 모르는 사람이 없을 정도로 유명한 무인이자 그 별호처럼 괴짜로 통하는 사내.

죽은 혈접도 휘모운과 함께 일월신교의 두 괴짜로 불리는 사내에겐 서열이 없었다.

당연한 이야기다.

단 한 번도 서열전에 참가한 적이 없으니까.

자신의 지위를 높이기 위해서라도 서열전에 참가하는 것이 보통인데, 그는 달랐다.

아니, 그럴 필요가 없었다.

서열전에 참가하기 싫다는 그의 말을 교주가 인정했으니까.

교주가 인정했다는 것 하나만으로 그는 귀찮은 일에서 모두 해방되어 수련에만 집중 할 수 있었다.

모든 생활이 무공에 매달려 움직이는 그.

실력을 보인 적이 한 번도 없음에도 불구하고 그 괴짜 같은 행동과 검을 수련한다는 이유로 괴검이란 별호가 붙었다.

비록 누구하나 그의 실력을 본 적이 없지만 누구도 그를 무시하지 않았다.

다른 사람도 아닌, 교주의 인정을 받은 사내니까.

교주의 인정을 받았다는 것 자체가 실력을 인정받은 것이나 마찬가지였다.

대부분의 시간을 폐관에 들어 수련에 힘쓰니 사람들과

부딪칠 일이 드물어, 서열로 인해 벌어지는 싸움도 없었다.

적어도 지금까지는.

"그러니까 그놈이 죽었다고?"

아무렇게 자란 머리카락 사이로 보이는 섬뜩한 눈동자.

볕을 거의 보질 않은 덕인지 유난히 새하얀 피부.

무심해 보이는 그의 얼굴을 보며 단목성원이 안타깝다는 얼굴로 말한다.

"본교에서도 아끼던 인재가 그리 허무하게 갈 줄은…."

"그래서 그게 뭐?"

"그게…."

"그놈과 인연이 있던 것은 사실이지만 그걸로 날 귀찮게 하지마라. 네가 교주님의 첫 번째 제자가 아니었다면 벌써 목을 후려쳤을 거다. 꺼져라."

끼이익!

쿵!

거침없이 자신의 말만 마친 괴검은 폐관실로 들어가며 문을 닫아 버린다.

상당히 기분 나쁠 만도 하건만 단목성원은 웃었다.

'이걸로 충분하지. 좁은 인간관계에서 가까운 지인이 죽었다는 것은 의외로 신경이 쓰이는 법이지. 아예 주변에 아무도 없다면 모를까.'

빙글.

돌아서서 밖으로 나가는 단목성원의 얼굴에선 미소가 떨어지지 않는다.

　밖으로 나온 뒤 처음으로 움직여 만난 사람이 괴검이었다.

　강하면서 실패하더라도 부담이 없는 자.

　'이보다 좋은 조건이 있을까.'

　이미 둘째 장양운의 실패에 대해 이야기를 전해들은 뒤다.

　단목성원은 성격이 치밀하여 상대에 대해 완벽하게 파악을 하더라도 이 할은 더 높이보고 준비한다.

　그것이 완벽하게 상대를 제거 할 수 있는 길이라는 것을 누구보다 잘 알고 있기 때문이다.

　이번 역시 마찬가지였다.

　상대에 대해 어느 정도 파악은 했지만 완벽하진 않았다. 그렇기에 신교에 부담이 되지 않는 선에서 최강의 패를 내밀었다.

　'내가 나설 수 있는 기회는 이번이 마지막이겠지. 성공하면 좋겠지만, 만약 실패한다면… 뒤를 생각해 두는 것이 좋겠군.'

　아직 시작도 하지 않았건만 그는 벌써 뒤를 준비한다.

　"그런데 누구라고?"

　어느새 쫓아온 것인지 뒤에서 괴검이 묻는다.

　돌아서기 전 단목성원의 얼굴에 웃음이 피고, 돌아서는

순간 웃음을 지운 그가 괴검을 보며 말했다.

"확실하진 않습니다. 하지만 정황상 한 사람을 범인으로 생각하고 있습니다."

"그래서 누구냐고."

귀찮다는 표정의 그를 보며 단목성원은 즉시 답했다.

"암문이란 곳의 주인입니다."

"그게 누구야?"

"글쎄요… 저희가 파악하기로 근래 암군이란 이름으로 유명해지고 있는 자더군요."

"암군? 암군이라."

"필요하다면 준비를 도와드릴까요?"

눈치 빠른 단목성원의 물음에 암군이 그의 얼굴을 빤히 바라보다 답했다.

"난 너 같은 놈이 싫어. 하지만… 이번엔 도움을 좀 받아야 하겠군."

"필요하다면 얼마든지 도와드리지요. 같은 일월신교의 가족이지 않습니까."

"흥!"

콧방귀를 끼며 성큼성큼 밖을 향해 걷는 괴검.

그의 뒤를 쫓으며.

단목성원은 진한 미소를 지었다.

세상 어디서도 볼 수 없을 것 같은 살기 가득한 미소를.

스컥!

날카로운 소리가 들릴 때마다 허공에 치솟는 피.

"마, 막아라!"

"와아아아!"

함성을 내지르며 용기를 북돋아 돌연 침입한 적들을 향해 달려들지만.

콰콰콱!

돌아오는 것은 죽음.

죽음뿐이다.

검을 휘두를 때마다 피가 튀고, 생명이 흘러나간다.

악마와도 같은 그 모습에 질린 호위 무인들이 서서히 뒤로 물러선다.

"막아라! 물러서지 말고 막으란 말이다!"

고래고래 소리를 지르는 중년인 하나.

값비싼 물건을 호송하는 중이라 표사들 이외에도 꽤 실력 좋은 낭인들을 고용했음에도.

눈앞의 사내를 당해 낼 순 없었다.

온 몸을 피로 칠한 사내를.

"으으… 도, 도망쳐!"

"이길 수 없는 상대야!"

후다닥.

뒤늦게 도망치는 놈들.

하지만.

푸화확!

어느새 놈들을 따라잡은 사내가 어김없이 놈들을 향해 검을 휘두른다.

누구하나 살려두지 않겠다는 듯.

"빌어먹을!"

"더, 덤벼!"

"이리 죽으나 저리 죽으나!"

결국 놈의 뜻을 읽어낸 무인들이 놈을 향해 달려든다.

그 모습에 비릿하게 웃는 사내.

그리고 온 사방이 피로 뒤덮인다.

뚝, 뚝.

나뭇잎을 타고 흐르는 핏방울.

단 한 사람도 살려두지 않은 사내는 온 몸에 피 칠을 하고서도 아무렇지 않은 듯 죽은 자의 깨끗한 옷에 검을 문질러 피를 지우곤 집어넣는다.

"재미없군. 쓸 만 한 놈이 없었어."

투덜대며 주변을 둘러보는 그.

수십이 넘는 자들이 하나 같이 목이 잘린 채 죽어 있다.

놈들의 중앙에서 소중하게 지켜지고 있던 표물은 다행히 피가 좀 묻었을 뿐, 멀쩡했다.

하지만 사내가 노린 것은 표물이 아니었다.

"언제쯤 즐길 수 있으려나?"

우드득!

손을 뻗어 표행의 상단 깃발을 부러트리곤 천천히 발걸음을 옮기는 그.

부러진 깃발.

그곳엔 천탑상회란 글이 화려하게 수놓아져 있었다.

"으음!"

우드득.

신음과 함께 허리를 피자 격렬한 고통과 함께 말로 못할 시원함이 수반된다.

수척해진 얼굴로 하루 종일 서류를 보고 있던 그녀의 얼굴은 말이 아니었다.

깨끗하고 희던 피부는 다 상해 있었고, 눈 밑은 잠을 못 잔 영향으로 검게 변해 있었다.

그녀를 아는 사람이라면 쉽게 믿을 수 없을 정도로 그녀의 상태는 엉망이었다.

평소 자기 관리를 철저히 하는 파세경이지만 근래 밀려드는 일은 도저히 그럴만한 시간을 주지 않고 있었다.

"우리를 노리고 일을 벌이는 것은 확실한데…."

머리가 아픈 듯 손끝으로 머리를 쿡쿡 찌르는 그녀.

"어디지?"

짧게 숨을 토하듯 말하는 그녀의 얼굴엔 분노가 가득하다.

오늘로써 벌써 열 번째다.

주문받은 물건의 표행이 개 박살 나버린 것은.

더 짜증나는 것은 물건을 잃어버린 것이 아니라, 표행을 떠난 사람들을 잃었다는 것이다.

물건은 두고 사람만 해치웠다.

물건을 잃어버리는 것보다 어쩌면 더 큰일이었다.

이대로라면 누구도 천탑상회에서 일을 하지 않으려고 할 테니까.

그렇기에 어떻게든 범인을 잡아야 하는데….

'도저히 감을 잡을 수가 없는 게 결국 문제인데….'

중원 도처에 적이라 불러도 좋을 자들이 많다보니, 확실한 증거도 없이 꼭 한 곳을 꼽을 수도 없다.

그렇다고 이대로 당하고만 있는 것도 말이 안 되고.

"도움을 청해야 하나?"

아무리 생각해봐도 그녀가 할 수 있는 일이 없었다.

차라리 휘에게 도움을 청하는 편이 훨씬 더 나은 선택이 되리라.

다만 문제가 있다면 이런 식으로 계속해서 도움을 구하다보면 휘에게 안 좋게 보일 수도 있다는 것.

때문에 이제까지 최대한 미루었던 것인데… 이젠 그럴 수도 없게 되었다.

"알고는 있지만 쉽진 않네."

쓰게 웃으며 자리에서 일어선 그녀가 밖으로 향한다.

암문을 향해서.

유난히 오늘따라 입이 쓰게 느껴진다.

파세경에게 이야기를 전해들은 휘의 얼굴이 심각해진다.

"당연히 도와야지. 헌데 공교롭긴 하군. 지금은 같은 상황에서 천탑상회를 노린다?"

"저희를 탐탁지 않게 생각하는 곳이 워낙 많으니 섣불리 단정지어서 범인이라고 할 수도 없는 일이예요."

"아니, 그건 아닐 거다."

휘의 말에 고개를 갸웃거리는 그녀.

파세경은 오직 상계의 논리만을 떠올리며 이야기를 하고 있었지만, 휘는 보는 방향이 달랐다..

이 일이 상계의 일로만 치부 할 수 없음을 깨달은 것이다.

천탑상회가 암문과 손을 잡고 있다는 것은 무림에 모르는 사람이 없을 정도로 이젠 잘 알려진 이야기다.

여기에 남궁과 모용의 인정까지 받았다는 것도.

그럼에도 불구하고 천탑상회를 노렸다는 것은 무림의 세력이 아니고선 할 수 없는 짓이었다.

상계쪽에선 견제를 하더라도 이런 식으로 견제를 하진 않을 것이다.

사실 파세경 그녀도 그걸 생각하지 않은 것은 아니지만, 아무래도 보고 있는 쪽이 상계다 보니 그쪽으로 시선과 생각이 쏠리는 것은 어쩔 수 없는 일이었다.

특히 중원 상계의 입장에선 천탑상회가 인정을 받은 만큼 여기서 막지 않으면 안 될 상황이니까.

특히 서장의 고급 물류를 손에 쥔 대막상인들이 밀어주는 천탑상회이니 만큼 가장 돈이 되는 일에서 완전히 밀릴 수도 있는 상황이니까.

여러가지로 복잡한 상황이다 보니 그녀 혼자로선 역부족인 상황인 것이다.

"습격을 받은 곳은?"

"딱히 정해진 곳은 없어요. 물건은 건드리지 않고 사람만 죽이니, 이대로라면 상회의 근간이 흔들려 버려요."

"되도록 빨리 처리를 해야 하겠군."

"그래주신다면 감사하죠."

말은 했지만 휘라고 해서 딱히 방법이 있는 것은 아니다. 천탑상회의 규모가 커지다 보니 표행에 나서는 물건도 많다.

그 전부를 감당 할 수 있을 정도로 암문이 큰 것도 아니다.

"이쪽에서 보낼 인원을 나누는 것은 네게 맡기지. 정해진 곳이 없다곤 하지만 그래도 중요한 물건을 맡은 쪽이 가능성이 높을 테니까."

"그럴게요."

"그보다 하나 같이 목이 잘렸다고 했지?"

"네. 보고에 따르면 아주 매끈하다고 해요. 어지간한 고수가 아니고선 흉내 낼 수 없을 정도로요."

고개를 끄덕인 휘는 그녀를 내보내며 오영들 전부를 붙여 주었다.

쪼르륵-.

떠난 빈자리를 두고 홀로 찻잔에 차를 따라 마시는 휘.

연거푸 식어버린 차를 마시고 나서야 갈증이 사라진다.

"또 달라진 건가?"

알고 있던 미래가 또 바뀌었다.

어차피 바뀔 것이라 예상은 하고 있었지만 이런 식으로 바뀔 것이라곤 예상치 못했다.

본래대로라면 일월신교의 축이라 할 수 있는 오각의 고수들 몇이 중원 무림을 시험하기 위해 나왔어야 했다.

그랬어야 할 미래는 없어지고, 더 골치 아픈 작자가 튀어나와 버렸다.

"괴검."

으득!

이를 가는 휘.

현 무림에서 괴검에 대해 누구보다 잘 알고 있는 사람은 바로 휘였다.

막대한 실력을 지니고서도, 교주가 아니고선 제어가 되지 않는 미치광이 검귀.

상대가 누가 되었건 노리는 것은 오직 하나.

상대의 머리뿐이다.

한 사람을 상대하든, 수십을 상대하든, 수백을 상대하든.

그가 나선 전장에서 떨어져 나가는 것은 오직 적의 수급뿐.

징그러울 정도로 상대의 머리를 노렸고, 한 번 맡은 임무는 살아남은 자가 없을 때까지 진행을 했다.

그 과정에서 몇 번 휘와 충돌을 하기도 했었다.

당시 명령만으로 움직이던 휘였기에, 명령을 이행하기 위해 움직이고 있었고 그 과정에서 괴검과 충돌한 것이다.

치열한 싸움 끝에 승부는 보지 못했다.

'하지만 내가 진 싸움이나 마찬가지였지. 놈이 먼저 흥미를 잃고 자리를 벗어났으니.'

당시 휘의 앞을 막아서고도 멀쩡했던 몇 안되는 사람 중의 하나가 바로 괴검이었고, 당시에도 알아주는 괴물 중의 한 사람이었다.

오죽하면 중원 무림에선 괴검이 움직인다는 소문만 들려도 크게 위축되었을 정도니까.

"명령만으로 움직이는 무인은 쓰레기 그 이하지."

당시 놈이 휘를 향해 했던 말이다.

아직도 그 말을 잊을 수가 없었다.

"이번엔 다르겠지. 다를 수밖에 없지. 하지만… 벌써부터 놈이 움직인다는 것은 일월신교의 움직임이 그만큼 빨라지고

있다는 증거라고 봐야 하나? 아니면 나 때문에 벌어진 일인 건가?'

파세경에게 말하진 않았지만 이번 사태는 분명 자신 때문에 벌어진 것이다.

놈들이 자신에게 던지는 화두는 하나.

싸우자! 나와라!

라는 것.

"평소라면 응하겠지만…"

역시 걸리는 것은 상대가 괴검이라는 것.

"돌겠네."

오랜만에 머리가 어지러울 정도로 복잡하다.

45 章

"하… 내가 여기에 있을 때가 아닌데."

연신 불만을 터트리는 여인을 보며 이번 표행의 책임자인 감청악은 이를 악물었다.

출발한 이래로 연신 들어왔기에 이젠 귀에 딱지가 앉을 정도지만, 문제는 항의 할 수가 없다는 것이다.

'대체 위에선 무슨 생각으로….'

근래 상회의 표행에 문제가 많다는 것은 그도 알고 있었다.

그래서 위에서 해결책을 내렸는데, 그것이 저 여인이었다.

'아무리 실력이 있다 하더라도 저런 식이면 곤란한데.'

감청악은 여인이라고 해서 실력을 얕잡아 보지 않았다. 당장 무림을 주름잡는 여고수만 해도 상당하니까.

거기에 마음에 들진 않지만 위에서 보낸 고수다.

해결책이라곤 생각되진 않지만, 어쩌겠는가.

까라면 까야지.

"후우…."

긴 한숨을 내쉬는 감청악.

그 한숨 소리를 들으며 화령은 입을 삐죽 내밀었다.

그녀의 아름다운 외모 때문에 여러 사람들의 마음이 뒤흔들리고 있지만, 그건 화령이 알바가 아니다.

자신의 마음이 향하는 곳은 정해져 있으니.

"이번 일이 중요한 건 알겠지만 그래도 나 정도는 빼줄 수도 있는 거잖아. 그래도 옆을 지키는 사람이 하나 정돈 있어야지."

투덜투덜.

주변의 반응을 알면서도 그녀의 입은 쉬지 않고 투덜댄다.

암문의 무인 전원이 동원되어 실행되고 있는 일임에도 불구하고 말이다.

휘를 제외한 모두가 투입된 일이다.

그만큼 이번 일이 중요하는 것이고 그것을 모르는 바도 아니었지만, 화령은 휘의 곁에서 멀어진다는 것만으로도 마음에 들지 않았다.

더욱이 자신들이 전부 빠져나가면서 모용혜 그 얄미운 것과 단둘이 있는 꼴이 아닌가.

'빨리 처리하고 돌아가는 게 좋겠지?'

으득!

거기까지 생각이 미친 그녀는 결국 일행을 재촉하기 시작했고, 점차 표행의 속도가 빨라지기 시작했다.

작은 질투에서 표행의 속도가 빨라진 것이 화령의 상황이라면 반대로 정조를 지키기 위해 모두가 일치단결하여 쉴 틈도 없이 움직이는 곳이 있었다.

"호홍, 자기 몸이 참 좋다. 한 번 만져 봐도 돼?"

"제가 바빠서!"

"거기 엉덩이가 참 탐스럽네. 따로 관리하는 거야?"

"어머니 절 왜 이렇게 낳으셨습니까! 어흑!"

"아홍, 땀냄새. 인근에 계곡이 있던데 잠시 씻고 가장."

"어허! 서둘러라! 긴급히 이동해야 하는 물건이다!"

"흐홍!"

자신이 말을 붙일 때마다 창백해진 얼굴로 빠르게 움직이는 사람들을 보며 사마령은 입을 다셨다.

하나 같이 근육질의 몸을 자랑하는 남자들을 주변에 가득 두고서도 지켜 볼 수밖에 없는 것이 안타깝기만 하다.

"내 매력에 빠지면 헤어 나올 수 없을 텐데. 아쉽네. 호홍!"

오싹!

그의 말이 떨어지기 무섭게 그렇지 않아도 빠르게 움직이던 일행의 발걸음이 반쯤 뛰다시피 한다.

그것을 보며 사마령은 입을 다물었다.

당연한 반응이기도 하지만 입이 쓰긴 쓰다.

자신이라고 해서 이렇게 태어나고 싶진 않았는데 말이다.

'탓해봐야 어쩌겠어. 이렇게 태어난 것을. 지금은 지금대로 즐기고 다음 생엔 여자로 태어나길 바래야지.'

아쉽긴 하지만 사마령은 현실과 망상을 구분하지 못할 정도의 멍청이가 아니었다.

그럼에도 간간히 이들을 괴롭히듯 말을 한 것은 속도를 높이기 위해서였다.

그것도 이젠 한계에 다다른 듯 싶지만.

'느낌이 별로 좋지 않아. 이런 적은 처음인데…'

묘하게 뒷골이 근질근질 거리는 것이 결코 기분이 좋지 않다.

되도록 빨리 이번 일을 끝내는 것이 좋을 것 같단 판단에 주변 사람을 괴롭혔지만, 여전히 가시지 않는다.

'좋지 않아.'

우득.

입에 넣은 엄지손톱을 깨물며 불안감을 해소시켜 보려고 하지만 쉽지 않다.

가면 갈수록 불안감만 커져갈 뿐.

수하라도 있다면 괜찮을 것 같지만, 천탑상회의 규모가 규모다 보니 수하들도 뿔뿔이 흩어져 지금 그를 따르고 있는 암영은 겨우 셋.

평소라면 그들로 충분하고도 넘칠 자신감이 솟아야 하는데, 오늘은 아니었다.

끝을 모르는 불안감.

그 불안감이 사마령의 몸 전체를 휘감는다.

"귀찮은 짓거리는 이번이 끝이다."

"명."

스르릉.

조용히 모습을 감추며 사라지는 무인의 뒤를 보지도 않은 채 괴검은 바위에 걸터앉은 자세를 바꾸지 않는다.

놈을 끌어내기 위해 제법 움직였는데도 별 다른 소득이 없다.

'이런 식으로 불러 나올 리가 없지. 한 곳도 아니고 여러 곳을 움직였으니.'

알면서도 그는 단목성원의 뜻대로 움직여 주었다.

당장 놈의 도움이 없으면 홀로 움직이기 어렵다는 것을 알기 때문이다.

그리고 딱히 그게 싫은 것도 아니었다.

귀찮기는 했지만 오랜만에 충분한 피 맛을 볼 수 있었으니까.

그것도 이젠 귀찮아졌기에 이것이 마지막이다.

놈이 머무는 암문이란 곳의 위치는 이미 알고 있다. 알면서도 이런 식으로 시간을 질질 끄는 것은 그와 맞질 않았다.

"오는 모양이군."

아주 먼 거리지만 예민한 그의 귀에 사람들이 움직이는 소리가 잡혀든다.

제법 급하게 움직이는 다수의 사람들.

예상보다 빠르지만 별 상관없다.

이게 마지막이 될 테니까.

그렇게 바위에 걸터앉은 자세로 이곳으로 올 놈들을 기다리고 있을 때.

돌연 괴검의 얼굴에 미소가 걸린다.

"괜찮은 놈이 하나 섞였군. 재미있겠어."

중원에 나온 이후 처음으로 재미를 느낄만한 상대가 다가오고 있었다.

"멈춰!"

빠르게 움직이던 일행을 멈춰 세운 것은 사마령이었다.

그만의 독특하고 날카로운 목소리에 일행은 빠르게 멈춰섰고, 다들 그를 보았다.

비록 이런저런 이유로 탐탁지 않다곤 하나 그가 이 일행의 책임자라는 사실은 변하지 않으니까.

"이 앞은 나만 가야겠네. 이거 가지고 뒤로 돌아가. 그리고 하루나 있다가 다시 움직이고."

"적입니까?"

"흐흥. 알면 따라가려고?"

재미있다는 듯 웃으며 고개를 돌리자, 재빨리 시선을 피하는 사람들.

그들을 보며 사마령은 웃으며 말했다.

"살고 싶으면 빨리 떠나."

"…알겠습니다."

이런 상황이 떨어지면 미리 이렇게 행동을 하기로 약속을 했기에 천탑상회의 사람들은 빠르게 왔던 길을 되돌아간다.

그들의 뒤를 보던 사마령이 나지막하게 입을 연다.

"막내는 가서 상황을 알려. 아무래도… 어려울 것 같으니까."

휙.

명령이 떨어지기 무섭게 작은 기척과 함께 암영 하나가 사라진다. 동시 그의 좌우로 모습을 드러내는 암영 둘.

"흥흥, 너희는 미안하지만 나랑 함께해야 하겠어. 나 혼자서는… 막기 힘들 것 같거든."

마지막 말과 함께 사마령의 눈썹이 바르르 떨린다.

"도망치게 내버려 둘 생각은 없었는데 말이야."

저벅저벅.

바로 그때 발걸음 소리와 함께 괴검이 숲길을 뚫고 모습을 드러낸다.

퇴각하는 것을 확인하자마자 움직인 것인데, 사마령이 움직이지 않는 모습을 확인하곤 느긋하게 움직여 나온 것이다.

적을 살려두지 않는 그이지만 저들을 죽이는 것은 언제든 할 수 있지만, 눈앞의 상대는 달랐다.

중원에 나와 처음으로 즐길 수 있는 상대인 것이다.

놓치고 싶은 마음이 없었다.

그렇기에 약한 놈들은 살려 보냈다.

'이대로 놈을 불러내는 것도 가능 할 것 같고 말이야.'

마지막에 몸을 피한 놈 역시 일부러 보내주었다.

눈앞의 적을 죽이는 것으로… 놈을 끌어 낼 수 있을 것이란 확신이 들었으니까.

그럼 남은 것은 하나다.

"신나게 놀아볼까?"

키리릭.

섬뜩한 소리와 함께 뽑혀 나오는 괴검의 검.

더없이 날카로운 예기를 뿜어내는 검을 보며 사마령은 한숨과 함께 암영에게 이야기했다.

"아무래도 이게 우리의 마지막 싸움이 될 것 같네. 목숨을 버려. 우리의 죽음은 주공의 대업에 바탕이 될 거야."

스릉, 스릉.

사마령의 말이 끝나기 무섭게 각오했다는 듯 각자 검을 뽑아드는 둘.

그 모습에 사마령은 피식 웃으며 팔뚝에 칭칭 감겨있던 채찍을 풀어낸다.

특수하게 만들어진 검은 채찍 두 개가 그의 손에 쥐어지고.

"가자!"

사마령의 외침과 함께 일제히 달려드는 암영들!

그 모습을 보며 괴검은 비릿하게 웃었다.

"즐겨보자고!"

"아무래도 불안한데….'"

파바밧!

불안함을 감추지 못하고 빠른 속도로 움직이는 휘.

본래 계획대로라면 암문에서 보고를 기다리다, 소식이 들리면 즉각 움직여 괴검을 상대할 생각이었다.

약간의 희생은 따르겠지만 지금으로선 그것만이 괴검의 행적을 알아낼 수 있는 유일한 방법이었으니까.

헌데, 시간이 흐를수록 불안해졌고 결국 밖으로 뛰쳐나왔다.

그것도 서북쪽을 향해서 쉬지 않고 달려간다.

딱히 방향을 결정하고 가는 것은 아니었다.

그저 심장이 뛰는 방향을 향해 달려간다.

미친 듯이.

쩌엉-!

굉음과 함께 채찍을 휘두르는 사마령의 손이 쉴 새 없이 움직인다.

휘리릭!

쐐액!

유연하게 움직이는 왼쪽의 채찍과 날카롭고 빠르게 날아드는 오른쪽의 채찍.

두 개의 채찍이 마치 살아있는 듯 서로 다른 모습을 보이며 날아들지만 괴검은 여전히 비릿한 미소를 지우지 않은 채 검을 휘두른다.

쩌정! 쩡!

다시 한 번 울리는 굉음.

힘없이 튕겨나는 채찍.

마치 네가 이쪽으로 올 것을 알고 있었다는 듯 괴검의 검은 채찍의 앞을 정확히 가로 막고, 튕겨낸다.

"흥!"

코웃음과 함께 사마령의 손이 빠르게 움직이더니 튕겨나던 채찍이 허공에서 방향을 바꾸더니 다시 한 번 괴검을 노리고 날아든다.

갑작스런 공격임에도 불구하고 익숙한 듯 괴검은 몸을 움직이고 검을 휘둘러 공격을 막아냈다.

그때.

스르륵.

채찍을 튕겨 내느라 옆구리가 빈틈을 노리고 허공에서 암영이 모습을 드러내며 검을 휘두른다.

"이건 괜찮군."

뻐억!

하지만 채 공격이 접근하기도 전에 괴검의 발이 암영의 얼굴을 후려친다.

기이한 각도에서 믿을 수 없을 정도로 강하게 휘둘러 쳐진 발에 당한 것이다.

쐐애액!

그때 또 하나의 암영이 발을 든 놈을 향해 뒤편에서 나타나며 검을 찌르지만.

"늦었다."

어느새 땅을 딛은 발을 축으로 회전하며 회수한 검을 휘두른다.

쩡!

"컥!"

그 강렬한 충격에 신음을 흘리며 튕겨나는 암영.

어지간한 고통엔 소리도 내지 않는 암영들이 그와 부딪칠 때마다 신음을 흘려댄다.

강철 같은 몸을 지녔다곤 하지만 결국 사람이다.

괴검의 공격은 내가중수법처럼 지독하게 몸 안에다 충격을 준다.

한 번 부딪치는 것이 두려울 정도로.

그럼에도 불구하고 그들은 달려들었다.

이유는 단 하나.

살려두면 안 될 사람이기 때문이다.

'제일 좋은 것은 죽이는 것이지만. 그렇지 않다면… 팔이나 다리 하나 정도는 함께 가져가야해. 저자는 위험해. 주공의 앞날에 큰 적이 될 거야.'

파바박!

사마령의 채찍이 거칠게 땅을 파고들고.

괴검의 발 밑에서 하늘을 향해 치솟아 오른다.

하지만 이마저도 파악하고 있었다는 듯 어렵지 않게 피해내는 괴검.

그때였다.

파앗!

거리를 두고 접근하지 않던 사마령이 몸을 날렸다.

순식간에 거리를 좁히고 다가서며 채찍을 회수하는 그!

휘리릭! 착!

팔뚝에 휘감긴 채찍을 뒤로 하고.

어느새 품에서 꺼낸 두 자루의 소검을 양 손에 들고 날카롭게 휘두른다.

그 뿐인가.

암영들 또한 동시 모습을 드러내며 자연스럽게 품(品)자 형태로 괴검을 감싸며 시간차를 노리고 검을 휘두른다.

도저히 빠져 나갈 수 없을 것 같은 기가 막힌 연계공격!

"제법이야. 하지만!"

눈을 빛내던 괴검이 돌연 제 자리에서 몸을 회전하더니.

번쩍하는 섬광과 함께 번개처럼 검을 휘둘렀다.

오싹!

온 몸을 사로잡는 전율에 움찔하며 속도를 늦춘 사마령.

피슉!

코끝이 날카롭게 베여나가며 핏방울이 솟아오르고.

서컥!

둔탁하지만 날카로운 소리와 함께.

암영 두 사람의 목이 떨어져 내린다.

어지간한 공격은 몸으로 받아내던 이들이라곤 믿을 수 없을 정도로 허무하게 베여버린 것이다.

으득!

이를 악문 사마령은 순간의 기회를 놓치지 않고 달려들었다.

텅 빈 놈의 등.

쐐애액!

날카로운 소리와 함께 소검을 찌르려던 그 순간.

휘릭.

기다렸다는 듯 치솟아 오르는 놈의 발.

뒤차기로 정확히 턱을 노리고 날아드는 괴검의 공격에 피할 틈도 없이 사마령은 당할 수밖에 없었다.

퍽!

"윽!"

비척이며 빠르게 뒤로 물러선다.

주르륵.

마지막 순간 고개를 틀며 이를 악물었던 덕분에 직격은 피했지만 완전히 피할 순 없었기에 뺨을 내줬다.

충격 덕분에 입 안이 터지며 피가 입가로 흘러내린다.

비릿한 혈향이 입 안 가득 퍼지며 정신이 번쩍 들었다.

"그걸 피하네? 제법이야. 확실히."

웃으며 천천히 돌아서는 괴검.

그러면서 그의 시선이 쓰러진 암영들을 향한다.

"대체 네놈들 뭘 익힌 거지? 이렇게 튼튼한 몸을 가지다니. 재미있잖아?"

"……."

"외공인가? 아니지. 외공치곤 내공을 너무 잘 사용했어. 적어도 내가 알고 있기론 이런 무공은 존재치 않는데. 아니지, 있긴 있지."

대답하지 않는 사마령에게 시선을 돌리며 괴검이 흥미롭다는 눈으로 물었다.

"혈마제령공. 그 빌어먹을 무공. 너희들 그걸 익혔구나? 그렇지?"

씨익.

그의 입가에 비릿한 미소가 돌고.

오싹!

다시 한 번 사마령은 강렬한 공포를 맛봐야 했다.

아니, 이것이 공포라는 것을 방금 전 깨달았다.

'역시 이 자는 살려둬선 안 돼. 문제는… 내 실력으론 감당 할 수 없는 자라는 것.'

으득!

이를 악물어 보지만 방법이 없었다.

암영들이 살아있을 때 어떻게든 방법을 만들었어야 했다.

홀로 남은 자신으로서 눈앞의 상대를 어찌 할 수 없었다. 설령 동귀어진의 수를 쓴다 하더라도.

몸 안의 모든 감각이 말하고 있었다.

놈은 괴물이라고.

'하지만 이대로 물러 설 수도 없지. 난 암영. 그 중에서도 오영에 뽑힌 한 사람이라고!'

파악!

사마령의 팔에서 풀려난 채찍들이 날키롭게 허공을 가르며 괴검을 향해 날아든다.

이전과 비교 할 수 없을 정도로 어지럽고, 다양한 변화를 그리며.

살짝 지겨워지려던 괴검은 그 모습을 보고 다시 한 번 즐길 수 있을 것이라 생각하며 검에 내공을 실었다.

마음먹으면 십여 초를 주고받기 전에 목을 벨 수 있겠지만 일부러 그러지 않았다.

그나마 즐길 수 있는 상대를 만났는데 쉽게 죽이긴 아까 웠으니까.

당장 눈앞에 날아드는 채찍만 해도 그렇다.

일월신교 안에서 채찍을 무기로 삼는 자는 거의 없다.

있다 하더라도 하수이고.

그런 의미에서 사마령을 상대하는 것은 새로운 것을 탐 구하려는 욕심이 더 앞선 싸움이라 할 수도 있었다.

마치 고양이가 쥐를 잡아먹기 전에 가지고 놀 듯 말이다.

그것을 알면서도 사마령은 혼신의 힘을 다해 공격했다.

어차피 뒤를 생각 할 필요는 없기에 있는 모든 힘을 끌어 올렸다.

그러다 기회가 생기면.

동귀어진의 수를 펼칠 것이다. 놈의 목숨을 빼앗지 못하 더라도 최소한.

최소한 팔이라도 하나 가져가기 위해.

쩌저적!

쩡!

눈이 어지러울 정도로 쉴 틈도 없이 쏟아지는 변칙적인 공격들.

그 속에서도 괴검은 여유를 잃지 않고 검으로 채찍을 튕 겨낸다.

막아내지 못하겠다 싶으면 기가 막힌 몸놀림으로 피한 다.

대체 무슨 이런 인간이 있나 싶을 정도다.

우직, 우지직.

그 튼튼한 채찍에 균열이 가는 소리가 들려온다.

결코 들려선 안 되는 소리지만, 사마령은 이를 악물었다.

그러다가.

쩌억!

굉장한 소리와 함께 채찍이 두 동강이 난다.

갈기갈기 찢겨지며 허공에 떠오르는 파편들. 그것을 보며 사마령은 재빨리 손에 쥔, 이젠 짧아진 채찍을 재빨리 괴검을 향해 집어 던졌다.

두 개 모두.

그리곤 놈을 향해 달려들며 다시 소검을 들었다.

채찍만큼은 아니지만 소검을 다루는 것에도 나름 자신이 있었다.

그렇다고 해서 그를 어찌 할 순 없겠지만.

'그래도 포기는 안 해!'

목숨을 버린 사마령의 처절한 공격이 괴검을 향한다.

"빌어먹을!"

움직이는 도중 암영을 만나 이야기를 들은 휘의 움직임은 이전과 비교 할 수 없을 정도로 빨랐다.

오죽하면 뒤를 쫓던 암영이 이젠 보이지도 않을 정도.

쐐애애액!

허공을 가르는 소리가 들려올 정도로 빠르게 움직이고 있지만 싸움이 벌어지고 있는 장소는 보이질 않는다.

'처음부터 내가 움직였어야 했어. 괴검이 움직였다는 것을 알면서도!'

으드득!

이전이었다면 무조건 자신이 움직였을 것이다.

헌데 이번엔 그러질 않았다.

대체 언제부터 자신이 수하들을 부려먹기만 하고 움직이질 않았단 말인가.

별별 후회가 다 들이지만 이미 벌어진 일.

더 이상의 희생을 막기 위해서라도 더 빨리 움직여야 했다.

'무사해라! 사마령!'

콰직!

그가 밟은 나뭇가지가 비명을 지르며 부러지고.

휘의 신형이 허공을 가른다.

날카로운 소검이 좌우를 가리지 않고 빠르게 날아든다.

침착하고 날카로운 눈으로 끝까지 검을 눈에서 놓지 않으며 상체를 흔드는 것만으로 피해내는 괴검.

스슥.

반발자국 뒤로 움직이자 코앞을 스쳐가는 사마령의 발끝.

회심의 한수였던지 사마령의 얼굴이 일그러지지만 실패하는 것도 염두에 두었던 듯 사마령은 쉬지 않고 다시 검을 움직인다.

숨은 턱 끝까지 차오르고, 땀은 쉴 새 없이 흘러내린다.

근육은 한계에 왔다는 듯 힘을 잃어가며 부들부들 떨어대지만 이를 악문 사마령은 검 끝 만큼은 괴검을 놓치지 않으려 든다.

애처로우면서도 강렬한 그 모습을.

괴검은 웃으며 즐겼다.

"좋군. 좋아!"

으득!

다시 한 번 이를 악무는 사마령.

하지만 그것도 시간이 흐르며 점차 시들해져만 간다.

괴검이 원했던 것은 제대로 된 싸움이었다.

그렇기에 혈접도가 죽었다는 소식에 밖으로 나온 것이었다. 일월신교 안에서 혈접도의 실력에 대해 가장 잘 알고 있는 것이 바로 괴검이었다.

혈접도는 일월신교 안에서도 상위권에 드는 실력자.

비록 자신보단 못하다곤 하지만 쉽게 볼 수 없는 자다. 그런 혈접도가 죽었다는 것은 그의 흥미를 끌기에 충분했다.

그렇지 않아도 근래 실전의 필요성을 느끼고 있던 찰나였기에 더더욱.

실전은 필요한데 같은 일월신교의 무인을 상대론 할 수 없다.

그때 접근한 것이 단목성원이었다.

단목성원의 꿍꿍이를 알면서도 그는 넘어가준 것이다.

'제법이긴 하지만 그뿐이야.'

거기까지 생각을 한 괴검이 움직였다.

날아드는 검을 피하는 것이 아닌.

사마령의 품으로 파고들며 양손을 빠르게 교차시켜 공격을 받아친 뒤, 어깨로 강하게 가슴을 들이 박았다.

쾅!

굉음과 함께 부질없이 튕겨나는 사마령.

"쿨럭!"

기침과 함께 토해지는 검붉은 피.

한 번의 공격에 속이 뒤틀려 버렸다.

상대가 되지 않을 것이라곤 생각했지만… 이렇게까지 큰 차이가 날 줄은 몰랐다.

'그래도 몇 번은 버틸 수 있을 줄 알았는데.'

으득!

입안을 깨물어 피를 내자 정신이 맑아지고, 몸의 고통이 한곳으로 쏠리며 부담이 덜하다.

부들부들.

흔들리는 몸으로 일어서는 사마령.

사마령은 뛰어난 실력을 가지고 있는 것에 반해 몸이

그리 튼튼한 편은 아니었다.

오히려 육체적 능력만 놓고 본다면 암영들 중에서도 최하위에 속할 정도로 허약했다.

그럼에도 오영의 일인이 될 수 있었던 것은 큰 키와 긴 팔을 가지고서 채찍을 누구보다 잘 다뤘기 때문이다.

뛰어난 실력으로 부족한 부분을 채워 넣은 셈.

하지만 그것도 결국 고수 앞에선 약점이 되었다.

그것을 뼈저리게 느꼈지만 어쩌겠는가.

이젠 돌아갈 길이 없는데.

'그저 바라는 것이 있다면. 주공의 얼굴을 한 번은 더 보고 싶었는데. 호홍… 어쩔 수 없지.'

마음의 각오를 한 사마령의 눈이 빛나고.

파악!

그 어느 때보다 빠른 속도로 괴검을 향해 달려든다.

이전과 비교 할 수 없는 속도는 단숨에 괴검의 지척에 닿게 만들었고.

"호?"

갑작스런 모습에 흥미를 느낀 그가 즉각 반응하지 않는 그 틈을.

사마령은 노렸다.

부우우웅!

몸 안의 기운들이 부딪치며 회전하기 시작했고.

곧 거대한 폭발과 함께 육체의 표면으로 튀어나온다.

"호홍! 취향은 아니지만. 그래도 어쩌겠어? 같이 가야지."

"동귀어진?!"

깜짝 놀라는 괴검과 달리 사마령은 웃었고.

힘이 폭발하려는 그 순간!

터더덕! 턱!

"거기까지."

단숨에 폭발하려는 기를 잠재워버리며 사마령의 곁에 내려앉는 사내.

"주, 주공!"

"쯧. 무모한 짓을."

휘였다.

장양휘 그가 마침내 도착한 것이다.

❖

편안한 자세로 차의 은은한 향을 즐기는 단목성원.

마치 자신의 집무실이라도 되는 양 굴고 있지만, 정작 집무실의 주인은 마치 당연하다는 듯 그의 곁에 서 있었다.

"그러지 말고 저기 앉으라니까."

"괜찮습니다. 수하된 자로서 어찌 주군과…"

"됐어, 그만해."

장문의 설교가 이어지려는 것을 틀어막으며 단목성원이 고개를 흔든다.

누군가 이 모습을 보았다면 아무리 단목성원이 교주의 제자라 할지라도 있을 수 없는 일이라며 크게 놀랐을 것이다.

당연한 일이다.

다른 누구도 아닌.

일월신교의 기둥인 오각의 첫째로 꼽히는 일각주(日閣主)의 주인.

마창(魔槍) 백일한.

바로 그였다.

심지어 그가 단목성원에게 보이는 태도는 교주에게 보이는 모습 그 이상을 담고 있음이니, 어찌 놀라지 않겠는가.

"괴검은?"

"주군의 뜻대로 움직이고 있습니다. 하지만 지금쯤이면 암문과 충돌했을 겁니다."

"어쩌면 그놈과 부딪쳤을 수도 있고 말이지."

"아직 보고는 없습니다."

딱 잘라 말하는 마창을 보며 단목성원은 고개를 끄덕인다.

맺고 끊는 것이 확실하고 정확한 것이 아니면 입 밖으로 내지 않는 것이 그다.

때론 답답하기도 하지만 반대로 말하면 그가 입 밖으로 낸 것은 대부분 사실이라는 것.

"보고는?"

"곧 올라 올 겁니다."

"기대되는군."

재미있겠다는 눈빛이 가득한 그의 곁에서 마창이 말했다.

"괴검의 승리로 끝이 날 겁니다. 놈이 그동안 제법 날 뛴 것은 인정하겠지만 괴검은 그동안 상대했던 자들과 차원이 다른 고수입니다."

"차원이 다른 고수라… 너와 붙는다면?"

그 질문에 입을 닫는 마창.

입은 닫았지만 그 머릿속은 복잡하게 돌아가고 있을 것을 알기에 단목성원은 대답을 강요치 않았다.

사실 듣지 못해도 상관없었고.

한참 끝에 그가 입을 열었다.

"6할입니다."

"6할? 의외로군. 괴검이 제법 실력이 있다는 것은 인정하겠지만 네가 이길 확률이 6할 밖에 되지 않는다니. 그가 그렇게 강한 고수였나?"

그 물음에 마창은 조용히 고개를 저었다.

"죄송하지만 6할은 제가 패할 확률입니다."

"…뭐?"

놀라서 찻잔을 내려놓으며 몸을 틀어 그를 보는 단목성원. 그 심각한 얼굴을 보며 마창은 말을 이었다.

"괴검의 진정한 실력에 대해 알고 있는 사람은 본교 안에서도 몇 되지 않습니다. 저와 그가 전력으로 부딪쳤을 때 냉정하게 말해서 제 승률은 4할에 불과합니다. 만약 그가 진심으로 외부 활동에 나섰다면… 이 자리는 그의 것이었을 겁니다."

"그 정도로 차이가 나나?"

"그것이 십년 전의 일입니다."

"지금은 더 괴물이 되었단 소리로군."

신음을 흘리며 몸을 돌리는 단목성원.

만약 마창의 말대로라면 자신은 터무니없는 실수를 한 것일지도 몰랐다.

저런 실력자라면 한 번 쓰고 버릴 패가 아니라, 어떻게든 품으로 끌어안아야 할 패였다.

결코 버릴 수 없는.

그런 그의 마음을 알아차리기라도 한 듯 마창이 재빨리 말했다.

"놈은 다룰 수 없는 야생마입니다. 억지로 다루러 하는 것보단 풀어놓는 것이 전체를 위해 나은 선택입니다. 그것을 아시기에 교주님께서도 놈에게 간섭을 하지 않은 것이지요."

"흐음!"

"마음에 드시지 않겠습니다만, 지금은 그럴 수밖에 없습니다. 그래도 다행인 것은 놈은 자신이 흥미를 가진 것 이외엔 관심을 보이지 않는 다는 것입니다."

"그 관심이라는 것이… 언젠가 이 자리 일 수도 있겠군."

"……"

대답을 하지 못하는 마창.

이제까지 생각하지 못했는데, 그 말을 듣고 나니 그럴 수도 있다 생각한 것이다.

보통이라면 아니라고 하겠지만, 그는 끝내 입을 열지 않았다.

그에 단목성원은 피식 웃으며 자리에서 일어섰다.

"뭐가 됐든 좋아. 어차피 대계는 뒤틀렸어. 사부님께서 폐관에 드신 지금 뒤틀린 대계를 바로 잡을 수 있는 권력을 쥐고 있는 자는 없지. 이런 시기이기에… 나도 움직일 수 있는 것이고."

"중원으로 향하실 생각이십니까?"

"괴검 그가 당한다면."

"다행이군요."

"뭐가?"

"주군께서 중원으로 향할 일은 없을 것 같으니 말입니다."

마창의 확고한 말투에 단목성원은 웃어주기만 할 뿐 더 입을 열진 않았다.

그도 알고는 있지만 이상하게 마음은 그러지 않았다.

'언젠가 부딪칠 것 같단 말이지. 그것도 근시일 안에 말이야.'

❖

"잠깐 시간 좀 달라고."

무심하게 괴검을 향해 툭하니 말을 던진 휘는 대답도 듣지 않고 사마령을 어깨에 걸치더니 뒤로 한참을 걷는다.

제법 거리를 벌리고 나서야 그를 조심스럽게 내려놓으며 손목을 잡고, 기를 흘려 넣는다.

"엉망이로군."

"죄송합니다, 주공."

사마령은 특유의 목소리로 고개를 숙인다.

그러고 보니 얼굴도 조금 붉다.

하지만 휘는 개의치 않고 사마령의 몸 안에서 날뛰는 기운들을 다독여 주고 나서야 손을 놓았다.

"됐다. 쯧! 적당히 할 줄 알아야지."

"……."

할 말이 없다는 듯 고개를 숙이는 그의 미리를 툭하니 건드리곤 휘는 자리에서 일어섰다.

동귀어진을 노리고 온 몸의 기를 폭발 시켰던 만큼 사마령은 겉과 달리 내부가 엉망이었다.

만약 일반적인 무인이었다면 벌써 죽어도 죽었을 것이다.

그가 살아있을 수 있는 이유는 그 빌어먹을 혈마제령공 덕분이었다.

안도의 한숨을 속으로 내쉬며 휘는 그에게 말했다.

"대충 움직일 수 있을 테니, 물러서. 일단 돌아가서 몸을 회복시키고 대기한다. 저쪽으로 걸어 내려가다 보면 암영이 올 거다. 함께 복귀해."

"주, 주공께선."

"저 자를 상대해야지. 그러기 위해서 이곳까지 달려온 것 같으니까."

휘의 말을 들은 것인지 괴검이 맞다는 듯 태연히 고개를 끄덕인다.

그 모습을 본 사마령은 이를 악물고 자리에서 일어섰다.

비틀비틀 당장이라도 쓰러질 것 같은 몸.

"조심하십시오, 주공."

"그래."

서로 간에 긴 말은 필요하지 않았다.

도움이 되지 않는다는 것을 알기에 이를 악물고 사마령은 휘가 가르쳐준 방향으로 비틀거리는 몸을 이끌고 움직인다.

그런 사마령을 보며 입을 달싹이는 휘.

갑작스런 전음에 움찔하면서도 고개를 끄덕인 사마령은 발걸음을 멈추지 않고 사라지고, 그것을 확인하고 나서야 휘는 몸을 돌렸다.

오영의 하나인 사마령이 전력을 다했음에도 상처하나 내지 못한 자.

결코 부딪치고 싶지 않았던 자들 중 한명.

"괴검 무결."

"호? 날 알고 있다는 건가?"

휘의 부름에 재미있다는 듯 웃으며 한 걸음 다가서는 괴검.

자신의 존재가 비밀은 아니지만 활동을 지극히 하지 않다보니 아는 사람이 그리 많지 않다.

그럼에도 불구하고 자신을 알고 있다는 것이 재미있었다.

그것도 외부의 인간이 말이다.

"넌 누구지?"

"글쎄? 그게 지금 중요할까?"

"응? 그건 또 그러네."

휘의 말에 의문을 느끼면서도 괴검은 고개를 끄덕인다.

확실히 적으로 마주선 이상 그런 것은 부가적인 문제일 뿐이다.

어차피 죽이고 나면 신경 쓰지 않아도 될 테니까.

그래도 하나 분명한 건.

"넌 진짜구나."

아무런 기세를 풍기지 않음에도 알 수 있었다.

진짜 고수라는 것을.

그토록 기대하던 싸움을 할 수 있다는 것을 말이다.

쿠르르르.

마치 이 순간을 기다렸다는 듯 괴검의 몸 깊은 곳에서부
터 잠들어 있던 기운이 꿈틀대며 움직이기 시작한다.

그 괴수와도 같은 놈은 순식간에 표면으로 흘러나오며
사방을 잠식해 간다.

쿠오오오!

휘 역시 가만있지 않았다.

몸 안에서 당장 꺼내달라며 소리치는 혈룡을 풀어 놓았
다.

빠르게 사방을 점유하며.

괴검의 기운과 혈룡이 부딪친다.

콰지직!

콰직!

두 사람의 강력하면서도 무거운 기운이 부딪치며 그 힘
을 이기지 못한 주변의 나무들이 부서져 나간다.

비명과 함께.

이게 과연 인간이 내뿜을 수 있는 기운인지 이해 할 수
없을 정도로 강력한 기운은 점차 커져만 가더니 곧 하늘로
치솟아 오른다.

그때였다.

"하! 재미있네. 좋아, 좋아! 쓸데없는 짓으로 시간을 보
낼 순 없지!"

크게 흥분한 표정의 괴검이 웃으며 기운을 갈무리한
다.

아니, 갈무리 하는 것이 아니라 몸에 기운을 압축하기 시작했다. 언제든지 그 막대한 힘을 풀어 낼 수 있도록.

그것은 휘 역시 마찬가지였다.

'처음으로 전력으로 간다.'

괴검의 강함에 대해선 누구보다 잘 아는 휘다.

그렇기에 처음부터 전력으로 맞서야 했다.

괴검을 우습게 봤다간.

이곳에 목이 떨어지는 것은 자신이 될 테니까.

스르릉―.

혈룡검이 뽑혀 나오고, 붉은 기운이 검날 위로 솟아오른다.

그것을 확인한 괴검이 웃더니 손에 들고 있던 철검을 뒤로 던져버리곤 허리춤에서 꺼내질 않던 검을 꺼내든다.

튀튀 한 묵색의 검.

색상 이외엔 별 다른 장점이 보이질 않는 검이지만 그것이 만년한철을 통으로 사용해 만든 것이란 사실을 아는 자는 많지 않다.

물론 휘는 잘 알고 있었다.

'하지만 지금은 내게도 혈룡검이 있지. 적어도 무기로는 뒤지지 않지. 아니, 앞서지. 그렇지?'

우우웅!

휘의 생각이 옳다는 듯 강렬한 울음을 터트리는 혈룡검.

그것을 본 괴검은 피식 웃더니.

돌연 달려들었다.

단숨에 허공을 격하고 날아든 그는 몸을 허공에 띄운 채 전력으로.

단숨에 휘를 향해 검을 내려친다!

한눈에 봐도 어마어마한 힘을 실은 공격이지만 단순하기 짝이 없다.

손쉽게 옆으로 피할 수도 있겠지만.

휘는 그러지 않았다.

빙글!

제 자리에서 몸을 회전하며 힘을 집중시켜 혈룡검을 하늘을 향해.

괴검을 향해 두 손에 쥐고 강하게 휘두른다!

쩌어어엉!

콰지지직!

고막이 터져버릴 정도로 강렬한 소리가 주변을 울리고, 그 강력한 일격의 교환에 휘가 딛고 있던 땅을 중심으로 삼 장이 박살이 나며 무너진다.

그 뿐인가.

힘의 파동을 이기지 못한 숲의 나무들이 비명을 내지르 더니 마치 폭탄을 맞은 것처럼 터져나갔다.

퍼퍼펑!

펑-!

찌르르르!

검을 타고 손으로.

손에서 팔, 어깨, 가슴… 온 몸으로 퍼지는 그 거센 힘의 파도에 괴검은 크게 웃으며 물러섰다.

"크하하하하!"

광소를 터트리는 놈과 달리 태연하게 무너진 땅을 벗어나 자세를 잡는 휘.

휘의 두 눈에 서린 신중한 모습.

어느새 혈룡검에 서린 붉은 기운이 그 힘을 더해갈 때.

웃음을 멈춘 괴검이 말했다.

"내기를 하나 할까?"

휘릭, 휘릭.

한손에 든 검을 여유롭게 회전시키며 말을 하는 괴검.

"내기?"

"내가 이기면 넌 네 정체를 밝히는 거야."

"내가 이기면?"

휘의 물음에 괴검은 웃었다.

"원하는 것은 뭐든지. 누구의 목이 필요하다면 따주지. 필요하다면 내 목이라도. 아니면 내가 죽는 그 순간까지 개처럼 부려 먹어도 좋고. 순한 개는 못되겠지만. 어때? 괜찮지?"

웃으며 말하는 괴검을 보며 휘는 갈피를 잡을 수 없었다.

원래 괴짜라는 것은 잘 알고 있었지만 이런 식의 조건을 내걸 줄은 몰랐다.

사실 괴검도 즉흥적으로 말한 것에 불과했지만 말을 하면서 스스로도 재미있겠다고 생각했다.

처음엔 놈의 정체에 대해 상당히 궁금했지만.

이젠 아무래도 괜찮았다.

이기면 알 수 있을 테니까.

'그러다 목이 날아 가버리면… 그뿐이지.'

히쭉.

웃는 놈을 보며 휘는 고개를 끄덕였다.

"좋아. 해보자고."

"흐, 흐하하하! 좋아! 좋다고!"

파앗!

웃음을 멈춤과 동시 그의 신형이 사라지더니 휘의 왼쪽 허공에서 나타나며 검을 휘두른다.

"시작해보자고!"

카가가각!

서둘러 몸을 피한 휘.

방금 전까지 서 있던 자리를 파고드는 괴검의 검을 보며 본능적으로 검을 휘두르려다 재빨리 뒤로 피한다.

그 순간.

쾌쾅!

마치 기다렸다는 듯 괴검의 뒷발이 휘가 파고들었으면 있었을 자리를 강하게 후려친다.

"어라? 피했네?"

재미있다는 듯 다시 달려드는 놈을 보며.

휘는 호흡을 가다듬으며, 달려갔다.

쩌저정!

두 사람의 검이 부딪친다.

46 章

눈앞을 어지럽히는 검.

진짜와 가짜가 구분되지 않는 검이지만 아무래도 상관없다.

어차피 하나라도 놓치면 치명적인 것은 똑같으니까.

쩌저정!

콰콱!

현란하게 검을 움직여 날아드는 괴검의 검을 모조리 쳐낸다. 손에 쥔 검이 튕겨날 듯 강렬하게 진동하지만 내공으로 억누른다.

우우웅!

혈룡검이 힘내라는 듯 울음을 토하고.

휘는 내공을 크게 끌어올려 괴검을 향해 공격을 퍼부었다.

붉은 검강이 사방을 점하며 반대로 괴검을 향해 쏟아진다.

장대비처럼 쏟아지는 검강 속에서 괴검은 쉬지 않고 발을 놀리고, 상체를 흔들며 피할 수 있는 것은 피하고 그렇지 않은 것은 검으로 쳐낸다.

어느새 그의 검에서도 검은 검강이 모습을 드러낸다.

강기를 막을 수 있는 것은 오직 강기뿐.

떠더덩!

텅!

요란하게 울리는 소리와 점차 본 모습을 잃어가는 산.

이미 두 사람을 중심으로 반경 백장 안으로 남아있는 나무는 없었다.

터져나가거나 검강에 베여 나갔다.

땅이라고 해서 멀쩡하진 않다.

거북이 등껍질처럼 쩍쩍 갈라져 당장이라도 무너질 듯 위태로운 모습.

카카칵!

순간 괴검의 신형을 놓치고 혈룡검이 애처롭게 땅을 가르는 사이.

어느 사이에 휘의 왼쪽 측방의 사각을 파고든 괴검은 거침없이 검을 찔러 넣는다.

검 본연의 파괴력을 확실히 살린 빠르고도 정확한 찌르기.

속절없이 당할 것 같던 그 순간.

쫘악!

휘의 신형이 바닥으로 꺼져 내린다.

순간의 재치로 두 다리를 찢어 신형을 바닥에 내려 꽂은 것이다.

스컥!

머리카락 몇 가닥이 잘려나가고, 괴검이 검을 회수하기 전 빠르게 허리를 튕기며 다리를 모으며 왼팔을 땅에 짚어 몸을 띄운다.

파바밧!

순식간에 회전하며 쭉 뻗은 다리로 괴검의 발목을 노리지만, 괴검 역시 쉽게 당하진 않았다.

재빨리 몸을 허공에 띄운다 싶더니, 자신에게 날아드는 휘의 발끝을 짚고 뒤로 물러선 것이다.

눈 깜짝할 사이에 벌어진 공방.

하지만 둘은 당연하다는 듯 다시 정비를 하고 서로를 향해 달려든다.

내기는 뒤로 하고 서로의 목을 물어뜯으려 달려드는 둘.

겉으론 팽팽한 싸움이었지만.

실제로 검을 휘두르고 있는 휘는 자신이 조금씩 밀리고 있음을 깨달을 수 있었다.

'역시 밀린다.'

내공에선 전혀 부족함을 느낄 수 없다.

부족한 것은 실력이다.

혈마공을 익히며 엄청난 속도로 성장을 했지만, 그러고서도 괴검을 뛰어넘진 못했다.

애초에 혈마공이 아니었다면 지금까지 버티는 것조차 어려웠을 것이다.

"크힛! 아하하하!"

광소를 터트리며 검을 휘두르는 괴검.

괴검의 얼굴에 웃음이 가득하다.

평생을 수련한 무공을 원 없이 펼치고, 그것을 받아주니 어찌 기쁘지 않을 수 있겠는가.

정작 휘는 죽을 맛이었지만.

'어쩐다?'

쩌엉!

찌르르!

검을 타고 전달되는 힘을 내공으로 해소시키면서도 휘는 해결책을 찾기 위해 노력했지만, 방법이 보이질 않았다.

적어도 제 정신으론.

휘는 아직 혈마공의 전부를 완벽하게 다루지 못한다.

무리해서 혈마공을 끌어올리면 스스로도 제어 할 수 없을 폭주를 일으키게 되는데, 그리 된다면 분명 괴검을 제압할 수 있을 것이다.

'나도 미쳐 버릴지도 모르겠지만.'

폭주는 양날의 검이다.

운이 좋다면 적을 제압하고 자신도 정신을 차리겠지만.

운이 나쁘다면 그걸로 끝이었다.

혈마공이란 것은 그만큼 위험한 것이었다. 그러니 지금까지 그 오랜 세월이 흐르면서도 혈마의 진정한 후예가 나오질 않은 것이고.

아직 해야 할 일이 많은 휘로선 쉽게 선택 할 수 없는 일.

"하앗!"

그때 기합과 함께 괴검의 검이 기묘한 변화를 주더니.

미친 듯 검강을 쏟아낸다.

마치 용권풍이라도 되는 듯 거대한 위력을 발하며 날아드는 그 모습을 보며.

으드득!

이를 악문 휘는 내공을 있는 대로 끌어올리며 혈룡검에 집중시켰다.

우우우!

지이잉!

울음과 동시 솟아오르는 붉은 검강!

그 힘이 정점에 이르렀을 때.

용권풍은 휘의 코앞까지 다가섰고, 휘는 그대로 검을 직선으로 휘둘렀다.

스컥!

쩌어억!

날카로운 소리.

그와 함께 용권풍이 양쪽으로 절단 나며 그 힘을 빠르게 잃고.

틈을 놓치지 않고 괴검이 달려들지만.

휘 역시 놈의 그런 점을 놓치지 않았다.

우웅, 웅!

어느새 붉은 빛을 발하는 그의 오른발이 허공을 향했다가 땅을 향해 빠르게 떨어져 내린다.

"혈룡군림보(血龍君臨步)!"

콰지직!

콰쾅!

휘의 발을 중심으로 크게 원을 그리며 강한 파동을 남기더니, 곧 땅이 무너지고 그를 중심으로 솟아오른다.

솟아오른 땅은 하나의 방패요, 무기가 되어 괴검을 향하고.

그 급작스런 상황에 얼굴을 굳히며 괴검은 빠르게 검을 휘둘렀다.

파바밧!

스컥!

땅을 베어내며 그 반동을 이용해 뒤로 물러서는 괴검.

"쯧!"

짧게 혀를 찬다.

"후우…."

숨을 내뱉으며 천천히 자신이 만든 구덩이를 벗어나는 휘.

그 모습을 보며 괴검은 좋아했다.

자신의 모든 것을 쏟아 낼 수 있는 자를 만나는 것은 결코 쉬운 일이 아니었으니까.

게다가 질 것 같지도 않았다.

적어도 지금까진.

그에 반해 휘는 죽을 것 같았다.

시간이 갈수록 강한 공격을 쏟아내는 놈과 달리 휘는 이것이 전력이었다.

지금 쏟아낸 공격만 하더라도 중원 무림에서 어지간한 자는 받아낼 수 없을 터다.

그럼에도 놈은 쉽게 받아낸다.

'여기까지가 내 한계로군.'

담담히 현실을 받아들이는 휘.

그렇다고 싸움을 포기한 것은 아니었다.

괴검은 상상도 못하겠지만 휘는 이미 그의 미래를 알고 있었다.

어마어마한 능력을 자랑하는 괴검이지만 그에게도 천적이라는 것은 존재했다.

아니, 그에게만 해당 되는 이야기는 아니다.

마공을 익힌 자라면 누구에게나 해당되는 이야기니까.

'슬슬 올 때가 되었는데?'

놈과의 싸움이 한 시진 째.

때마침 녀석이 이곳에서 멀지 않은 곳에서 수행을 하는 중이었고, 사마령을 보내며 이야기를 전달했다.

암영을 제때에 만나 지체 없이 움직였다면 올 때가 되었다.

바로 그때였다.

"형님! 제가 왔습니다! 제가 왔… 우악!"

쿠당탕!

요란한 소리와 함께 빠르게 날아들더니 제대로 된 착지를 못해 한참을 굴러가는 한 사람.

그 모습을 보며 휘는 한숨과 함께 고개를 저었고, 갑작스런 상황에 괴검은 인상을 쓰며 놈을 보았다.

"넌 아직도 그러면 어쩌냐?"

"죄, 죄송합니다."

사과하며 자리에서 일어서는 사내.

사내라고 하기엔 좀 예쁜 그는 재빨리 고개를 숙여 사과를 하곤 휘의 곁에 붙었다.

"화소운. 네 실력 좀 보자."

"얼마든지 거들어 드리겠습니다."

자랑스럽게 웃으며 검을 뽑아드는 화소운을 보며 휘는 고개를 저었다.

"너 혼자 해야지. 네 상대는… 저쪽."

"예?"

"…이거 짜증나는군."

혼자 해야 한다는 말에 놀라는 화소운과 달리 괴검의 얼굴에선 짜증이 묻어 나온다.

당연했다.

한참 흥이 올랐는데, 그게 깨졌고.

당사자인 놈이 물러섰으니까.

괴검의 입장에서 보자면 짜증이 날 수밖에 없는 상황이지만 휘는 그를 보며 말했다.

"내기의 조건. 그대로 받아들이면서 싸움의 상대는 이 녀석으로 하지. 이 녀석을 이긴다면… 네가 원하는 모든 것을 들어주지."

"네놈…!"

"가라!"

화소운의 등을 힘차게 밀어버리는 휘.

"어? 혀, 형님!"

갑작스레 등 떠밀리면서도 화소운은 침착하게 내부의 기운을 다스리더니, 곧 이를 악물고 괴검을 향해 달려들었다.

휘가 이유 없이 상대를 넘길 이유가 없다는 믿음 때문이다.

그에 반대 괴검은 이를 악물며 단숨에 화소운의 목을 쳐버리겠다는 듯 강한 기세를 내뿜으며 검을 휘둘렀다.

어지간한 무인이라면 저항할 틈도 없이 당했을 테지만.

화르륵!

꽃이 피어오른다.

괴검의 기세와 부딪친 화소운의 기운.

그 틈에서 각종 꽃이 피어오르더니 꽃잎이 되어 흩어진다. 그 기이한 괴사에 당황할 틈도 없이 화소운의 검이 괴검을 향해 휘둘러진다.

사선으로 그어지는 단순한 공격이지만 그 안에 담긴 변화는 끝이 없다.

아직 완벽하지 않기에 그 변화가 눈에 보인다.

그렇기에 괴검은 놀라면서도 뒤로 몸을 피했다.

아니, 피했다고 생각한 그 순간.

휘릭.

화소운의 검이 순간 늘어진다 싶더니 순식간에 가슴 앞을 베고 지나간다.

스컥!

날카로운 소리와 함께 작게 튀어 오르는 피.

마지막 순간 재빨리 상체를 뒤로 당겼기에 보기보다 피해는 없었지만 괴검은 크게 경악했다.

호신강기라 불러도 무방한 기운이 몸을 보고하고 있었는데, 마치 종잇장 마냥 그의 공격에 찢어진 것이다.

"네, 네놈! 네놈은 누구냐!"

"하앗!"

그의 물음에 대답도 없이 빠르게 검을 휘두르는 화소운.

그 모습에 괴검은 재빨리 검을 휘둘러 막았다.

채채챙! 챙!

있을 수 없는 일이었다.

자신의 기운이 마치 연기처럼 사라지고 있었다.

몸 밖으로 내뿜는 기운도, 검에 서린 기운도.

종류를 가리지 않는다.

"마인이었구나! 형님께서 내게 맡긴 이유가 다 있는 법이었어! 형님! 전 믿고 있었습니다!"

피어오르는 꽃과 꽃잎에 흥분하며 공격하지 않고 돌아서며 휘를 향해 손을 휘두르는 놈.

긴장감이 전혀 느껴지지 않는 그 모습에.

"하아!"

깊은 한숨을 내쉴 수밖에 없었다.

다 좋은데 저 나사 빠진 듯 한 모습은 고쳐지질 않는다. 천마신교에서 수련을 한다고 하더니, 돌아왔을 때 휘는 깜짝 놀랐다.

이전과 비교 할 수 없을 정도로 강해져 있던 것이다.

본래 알고 있던 미래보다 훨씬 더 앞당겨진 것이다.

이는 그의 수련 장소가 천마신교였기에 마기를 쉽게 접하고, 마공을 익힌 마인들과 끊임없이 비무를 할 수 있기 때문이었다.

전생에서 마인들에게 최악의 공포를 선사했던 복마검왕 (伏魔劍王) 그 진면목이 서서히 드러나고 있었다.

휘릭!

스컥!

화소운의 검은 정직하고, 화려하진 않지만 그 속에는 수도 없는 변화가 담겨 있다.

아직 어설픈 부분이 많아 그 힘을 완전히 발휘하진 못하고 있지만 그것만으로도 어지간한 무인은 당하기 어려운 수준.

게다가 그것이 마인이라면 힘의 격차를 없애버리는 수준에 도달한다.

애초에 화소운이 익힌 무공 자체가 말도 안되는 것이니까.

쩌쩡!

강렬한 소리와 함께 빠르게 물러서는 괴검.

빠르게 뒤를 쫓으며 검을 휘두르지만 괴검은 더 멀리 물러서며 호흡을 조절한다.

갑작스런 상황에 당황해서 호흡이 꼬이는 바람에 더 힘을 소모했다.

호흡은 점차 돌아오고 있지만 놀란 심장은 쉽게 진정하지 못한다.

"넌… 뭐냐!"

매서운 괴검의 외침에 화소운은 대답을 못하고 검을 쥐지 않은 손으로 뒤통수를 긁는다.

딱히 대답을 못한 것이 아니라 뭐라 말을 해야 할지 몰랐던 것뿐이지만, 괴검의 눈엔 그것이 여유로 보였다.

자신의 내공은 전혀 통하지 않고, 상대의 내공은 그대로다.

제 아무리 괴검이라 하더라도 상대하기 벅차다.

그 모습을 뒤에서 유유히 지켜보며 휘는 회심의 미소를 짓고 있었다.

사실 화소운이 싸우는 그 순간까지도 과연 감당을 할 수 있을 것인지 궁금했는데, 화소운은 그런 걱정을 완벽하게 날려주었다.

전생에서도 마인을 상대로는 괴물 같은 모습을 보였었는데, 지금도 마찬가지였다.

'그때 주운 것이 천운이었지.'

첫 만남을 생각하면 아직도 실소가 흘러나오지만, 그때 화소운을 알아보고 거둔 것이 지금의 모습을 만들어 냈다.

하긴 모습을 드러내지 않았어도 기다렸다가 어떻게든 끌어들였을 테지만.

그만큼 복마검왕으로서의 화소운은 기침없었고, 마인들의 천적이나 마찬가지였다.

파마의 힘을 다루는 그의 힘은 어마어마한 것이었으니까.

무림 역사를 뒤져봐도 그와 같은 힘을 지닌 자는 거의 없었을 것이 분명하다.

'나도 이젠 상대가 안 되겠는데….'

휘가 익힌 혈마공 역시 마공.

파사의 기운을 지닌 화소운에게 약한 것은 마찬가지지만, 인간의 범주를 벗어난 육체 덕분에 화소운을 아슬아슬하게 제압했다.

이젠 그것도 쉽지 않아보였지만.

자신도 그럴 지언데 아무것도 모르는 괴검으로선 어떻겠는가? 당황하다가 분노하고, 용을 써볼 것이다.

'그리고 끝엔 당하고 말겠지.'

휘가 봤을 때 괴검이 지금 할 수 있는 유일한 길은 하나.

도망치는 것이다.

하지만 그러진 않을 것이라 판단했다.

괴팍한 그의 성격은 결코 물러서는 법이 없었으니까.

그런 휘의 생각은 정확하게 맞아 떨어졌다.

무려 한 시진을 더 버티고 나서야.

괴검은 항복을 선언했다.

목 앞에 들이민 화소운의 검을 보면서.

"헉, 헉!"

거칠게 숨을 내쉬는 화소운.

땀이 흘러내리는 모습이 묘하게 느껴진다.

괴검의 얼굴은 크게 일그러져 있었다.

"졌다. 이제 어쩔 생각이냐?"

그의 시선이 화소운이 아닌 뒤편에서 접근하는 휘에게 향한다.

휘는 화소운에게 수고했다며 어깨를 두드리곤 뒤로 물린다.

지친 듯 바닥에 주저앉는 화소운.

그럴 것이다.

쉬지 않고 싸운 데다 괴검의 기운에 대항하기 위해 내공을 쉬지 않고 쏟아 냈으니까.

그야 말로 한계를 넘나드는 싸움을 한 것이다.

사실 본래대로라면 괴검이 체력에서 앞서며 힘이 떨어진 화소운을 죽일 수도 있었겠지만, 그가 나서기 전 휘와 전력으로 부딪쳤다.

쉴 틈도 없이 화소운과 연이어 싸웠고.

비겁하다 해도 할 말이 없을 정도지만, 휘도 괴검도 거기에 대해선 이야기 하지 않았다.

어차피 승부가 났음을 인정했기 때문.

털썩.

아예 드러누워 버리는 괴검.

몸에 자잘한 상처와 옷을 푹 적실 정도로 많이 흐른 땀.

보이는 것보다 더 괴검도 지쳐있었다.

이대로 삼일은 잠을 잘 수 있을 정도로.

"말해봐. 원하는 게 뭐야?"

"약속을 지킬 모양이지?"

"난 내 입으로 한 약속은 반드시 지켜."

으르렁 거리는 말투로 휘에게 받아치는 괴검.

그 모습에 휘는 피식 웃으며 답했다.

"나와 함께하자. 어차피… 일월신교엔 큰 관심이 없을 테지?"

"개보고 주인을 바꾸라는 말로 들리는군."

"개도 주인을 잘 만나야 명견 소리를 듣는 법이지."

"그렇다고 네가 좋은 주인으론 보이지 않는데?"

그 말에 휘는 어깨를 으쓱이는 것으로 대신 답한다.

복잡한 인상을 짓던 괴검은 결국 한숨과 함께 고개를 끄덕였다.

"좋아. 약속은 약속이니까. 하지만 개를 잘 다루는 것도 주인의 능력이라는 것을 잊지 마. 개라고 해서 다 주인의 말을 잘 듣는 것은 아니니까."

"그 정도라면야."

휘의 대답에 괴검은 고개를 젓더니 곧 휘와 화소운을 번갈아보다 물었다.

"이제 대답해줘도 괜찮지 않나? 네놈들… 대체 누구냐?"

그 물음에 휘는 답했다.

"장양휘. 암영의 주인 암군이다."

"빌어먹을."

괴검의 얼굴이 와락 구겨진다.

❖

　"통칭 암영계획. 그것이 계획 된 것은 삼십 년 전의 일이고, 본격적으로 진행이 된 것은… 나도 확실히 기억은 나지 않지만 제법 되었지."

　괴검은 의외로 암영에 대해 잘 알고 있었다.

　아니, 정확히는 암영계획에 대해 알고 있다는 것이 옳았다. 직접적으로 참여하진 않았지만 처음 계획을 세울 때 들은 것이 있으니까.

　"어쩐지 익숙하다 했더니 혈마제령공 그 빌어먹을 것이었군. 아직 불완전한 것이라 못쓴다고 했는데."

　심지어 혈마제령공에 대해서도 그는 알고 있었다.

　당연했다.

　당시 누구보다 조용하면서도 실력이 있는 괴검이었고, 홀로 있어도 좋다는 교주의 허락의 반대급부가 암영계획에 참가하는 것이었으니까.

　물론 혈마제령공이 완전한 것이 아니란 것을 알고 그 길로 돌아섰지만.

　"그걸 완성시켰단 말이지?"

　"그런 눈으로 보다간 눈을 파버리는 수가 있다."

　묘한 눈으로 자신을 바라보는 괴검을 보며 휘는 진정 기분 나쁘다는 눈으로 그를 보며 말했다.

　그에 괴검은 두 손을 들었다.

"진정해. 신기해서 그러는 것뿐이니까."

"네가 더 깊이 참여했다면 죽였을 거다."

"그랬겠지."

순순히 인정하는 그를 보며 휘는 고개를 저으며 곁에선 화소운에게 말했다.

"실력이 많이 늘었다. 이젠 나도 못 당하겠어."

"아직 멀었습니다… 악!"

"그래. 아직 먼 게 느껴진다."

대답을 하다 말고 돌 뿌리에 걸려 내리막을 굴러서 내려가는 그를 보며 휘는 한숨을 내쉰다.

그것을 보고 있던 괴검이 웃었다.

"재미있네, 재미있어. 저런 덜떨어진 놈한테 내가 졌단 말이지? 크하하하!"

"미친놈."

"크하하하! 칭찬으로 듣지."

웃으며 대답하는 놈에게서 시선을 돌리는 휘.

그때 괴검이 물었다.

"네가 원하는 건 뭐지? 그동안 일월신교의 일을 제법 방해한 것은 사실이지만 그것이 신교의 전부가 아니라는 것도 알 테고."

"내가 원하는 건… 일월신교의 몰락. 그리고 두 번 다시 일어설 수 없도록 밟아버리는 것. 그러기 위해 움직이고 있다."

"하! 그게 쉬울 것 같아?"

"못 할 것도 없지."

"이것 참. 나도 제대로 상대 못하는 놈이 무슨. 내가 신교 안에서 제법 칼을 쓰는 건 사실이지만 내 위로도 제법 강한 놈들이 있지. 그 놈들을 감당 할 수 있을 것 같아?"

신랄한 괴검의 말에 휘는 발걸음을 멈추며 돌아섰다.

"지금은 안 되지. 하지만 과연 계속해서 안 될까?"

"아주 환상적인 미래를 꿈꾸는 모양인데…."

"혈마제령공에 대해서 안다고 했지?"

"…그렇지."

"겨우 그걸로 이런 힘을 손에 쥘 수 있을까?"

그제야 정신을 차린 괴검이 깜짝 놀라 휘를 본다.

혈마제령공이 분명 대단한 것은 사실이지만 완전한 것도 아니었기에 그는 뒤도 보지 않았다.

하지만 그 힘을 짐작 할 수는 있었는데, 분명 눈앞의 사내 휘는 그 규격을 뛰어넘고 있었다.

그것도 월등히.

"난 아직도 성장 중이야."

그 말을 끝으로 다시 돌아서서 걷는 휘.

"이거… 내가 미친개인줄 알았더니, 주인도 만만치 않구만. 크하하하! 그것도 나쁘지 않겠어! 그래, 이것도 나쁘지 않아! 크하하하!"

뒤에서 웃음을 터트리는 놈을 뒤로하고 휘는 서둘러 산을 내려간다.

'괴검을 움직였다는 것은 일월신교의 계획이 확실히 틀어지다 못해 중단되었다는 거겠지? 다음엔 어떻게 움직일까?'

머릿속이 복잡하다.

다음 행보를 결정하기 위해서라도 머릿속을 정리할 필요가 있기에 암문으로 향하는 휘의 발걸음은 점차 빨라지고 있었다.

精在歸還

47 章

구파일방이라 불렸던 열개의 대문파.

하지만 이젠 칠파일방으로 불리고 있었다.

밀교와의 싸움으로 그 세를 잃어버리고 복구 중인 곤륜과 큰 싸움에 휘말려 사라져버린 종남파까지.

곤륜이야 시간이 흐르면 다시 한축으로 우뚝 서겠지만 종남은 다시 일어서기 어려웠다.

문제는 두 문파가 무너짐으로 인해 구파일방이란 듬직한 존재에 대한 무림인들의 믿음이 깨어졌다는 것.

이는 어찌 보면 참 중요한 일이라 할 수 있었는데, 정작 위기감을 느끼고 있는 것은 두 사람 뿐.

그 두 사람인 혜명대사와 태극검이 조용한 곳에서 만남을 가졌다.

각 소림사와 무당파를 이끄는 수장의 만남은 중원의 이목을 집중 시킬 수도 있는 일이지만, 은밀하게 진행된 탓에 각 문파 안에서도 아는 사람이 거의 없을 정도였다.

"본파에서도 믿을 수 없는 자들이 발견되었습니다. 철저히 살피지 않았다면 결코 몰랐을 겁니다. 나무아미타불."

나지막이 염불을 외우며 고개를 젓는 혜명대사를 보며 허탈하게 웃는 태극검.

"그것은 본파 역시 마찬가지외다. 놈들의 뿌리가 우리가 상상했던 것 이상으로 깊은 곳을 침투하고 있는 것이외다. 우리로선 상상 할 수 없을 정도로 오랜 시간을 준비했던 것이 분명하니… 중원에 결코 좋은 일이 아닐 것이오."

"피가 흐르고 죽음이 만연하겠지요."

혜명대사의 말에 태극검은 무겁게 고개를 끄덕인다.

소림과 무당에 오랜 세월에 걸쳐 간자를 심었다.

그것도 철저히 신분 조사를 하고 나서야 제자로 받아들이고 있음에도 불구하고 말이다.

소림과 무당에 있다는 것은 다른 문파는 말할 필요도 없다는 뜻과 같다.

"역시 일월신교 그들이 확실한 것이겠지요."

"아무래도 정황을 보면 그럴 확률이 높지 않겠습니까."

"진즉 대비를 했어야 하는 것인데, 어쩌면 이미 늦었을 지도 모르겠습니다."

"늦었다 생각할 때가 가장 빠른 법이라고 하지만, 확실히 이번만큼은 늦었을 지도 모릅니다. 그렇다고 이대로 당하고만 있을 수는 없는 일이지 않습니까?"

태극검의 말에 혜명대사는 당연하다는 듯 고개를 끄덕이면서도 딱히 방법을 찾지 못했다.

당연한 일이다.

아무리 그래도 문파의 치부를 외부에 보인다는 것은 결코 쉬운 일이 아니었고, 설령 보인다 치더라도 그 뒤가 문제였다.

다른 곳도 아닌 일월신교다.

놈들에 대한 자료는 아직도 방대하게 남아 있었고, 그 속엔 당시 얼마나 치열한 싸움이 벌어졌는지에 대해 쓰여 있었다.

무림이 강성했을 때도 힘든 상대였는데, 철저히 준비를 한 놈들과 달리 풀어질 대로 풀어진 현 무림이 놈들을 감당할 수 있을 것인지 쉽게 장담을 할 수 없다.

그때 태극검이 누군가가 생각 난 듯 입을 연다.

"그러고 보니 얼마 전 암문이라는 문파가 꽤나 이름을 알렸다고 하지요?"

"암문이라면 검제께서 인정한 곳이로군요."

검제는 무림에서도 손에 꼽히는 배분으로, 소림과 무당의 수뇌이면서도 쉽게 말을 할 수 없었다.

그와 편하게 대화를 나누려면 최소한 두 문파에선 일선에서 물러나 은거한 고수들을 데려 나와야 했다.

그것도 최소한 두 세대 전의 인물로.

그런 사람이 많을 리도 없는데다, 각 문파가 필사적으로 지키려는 극비 중의 하나이니 쉽게 나올 리도 없다.

어찌 보면 아직도 간간히 무림에서 활동하는 검제가 대단하다고 볼 수 있었다.

"어쨌거나 중요한 것은 검제께서 인정을 했다는 것이 아니라, 검제께서 외부 활동을 시작하셨다는 겁니다."

"검제께 의논을 드려보자는 것이로군요."

"사이가 소원했던 것은 사실이지만 이런 일에서까지 시시비비를 따지실 분은 아니니 거기에 기대를 걸어보는 수밖에요."

"부디 생각대로 되어야 하는데 말입니다, 나무아미타불."

"이제야 정신을 좀 차린 모양이로군."

소림과 무당에서 은밀히 전해진 서찰을 받아든 검제는 내용을 읽은 뒤 피식 웃었다.

그들의 발등에 불이 떨어졌다는 것을 알기 때문이다.

어찌 모르겠는가, 남궁세가 역시 같은 길을 걸었고 생각 끝에 과감하게 도려냈었는데.

약간의 문제가 있었던 것도 사실이지만 이젠 괜찮았다.

오히려 이전보다 훨씬 더 세가가 잘 돌아갈 정도다. 대폭적인 물갈이는 고였던 물을 흐르게 만들었고, 흘러간 자리는 더 크고 깊어져 단단해졌다.

이대로 무탈하게 시간을 보낸다면 남궁세가는 더 강해지게 될 것이 분명했다.

일월신교의 준동만 아니라면 말이다.

"어떻게 생각하느냐?"

이미 서찰은 아들이자 세가주인 창궁검 남궁혁도 본 상태였다.

"그들과 만나서 나쁠 것은 없다고 봅니다. 서로 간에 좋지 않았던 일이 있었던 것도 사실이지만 지금은 그런 사소한 것들을 가리기 보단 큰 그림을 봐야 한다고 봅니다."

"그렇다고 이득을 포기할 것도 아니지 않느냐?"

"그거야 그렇습니다만, 어차피 이기고 난 뒤에 벌어질 일이 아닙니까. 지금부터 욕심을 낼 필요는 없다고 봅니다. 사소한 욕심 때문에 손이 안 맞으면 그보다 손해는 없을 테니까요."

아들의 단호한 말에 검제는 웃으며 동의했다.

"그래서 무슨 이야기가 나올 것이라 생각하느냐?"

"보나마나 어떤 식으로 간자를 처리하는 것이 좋고, 후속조치는 어떻게 취했는지를 물어올 겁니다."

"그대로 이야기 해주는 것이 좋겠구나."

"앞으로는 생각한다면 그래야지요. 그리고…."

말끝을 흐리는 아들에게 더 이야기하라는 듯 입을 다문 채 바라보는 검제.

　"암문주와 함께 가는 것이 좋을 듯 합니다. 현 무림에서 일월신교에 대해 그보다 잘 알고 있는 사람은 없으니, 큰 도움이 될 겁니다."

　"반대로 난처해질 수도 있다."

　"아버지와 함께하는 이상 그럴 일은 없다고 봅니다."

　단호한 아들의 말에 혀를 차며 검제는 고개를 끄덕였다.

　그렇지 않아도 서찰을 보고 처음으로 떠올린 사람이 휘였다.

　이번 일을 누구보다 잘 처리 할 수 있는 사람이 그이지 않은가.

　게다가 이걸 기회로 삼아 구파일방과 적극적으로 면을 트게 된다면 그것도 나쁘지 않은 일이었다.

　"연락을 취해봐라."

　"예."

❖

　많은 일에 개입을 하며 이젠 휘가 알고 있던 미래는 많은 것이 달라졌다.

　일월신교는 중원에서 벌이던 계획을 중단한 것인지 조용했지만, 되려 폭풍전의 고요처럼 불안한 것도 사실.

필사적으로 머리를 굴려 놈들의 움직임을 예측해 보려고 했지만, 그것 또한 무리였다.

생각대로 놈들이 움직여 준다면 이런 고생을 할 필요도 없을 테고, 당장 자신이 놈들의 일 모두에 관여하는 것도 불가능한 일이었으니까.

화소운의 도움으로 제압하여 일단 휘하로 끌어들인 괴검은 암문으로 들어온 뒤 거의 잠만 자고 매일을 밖으로 나돌고 있었다.

어느새 친해진 것인지 사마령과 함께 밖으로 나도는 것이 웃기기도 하다.

하긴 그 오랜 세월을 일월신교 안에서만 살아왔으니 중원이 신기하기도 할 터다.

과거 자신이 그러했듯.

그렇게 좀 쉬어볼까 했더니, 날아든 서찰 하나 때문에 그럴 수가 없게 되었다.

암문의 운영은 모용혜에게 일임을 한 뒤 홀로 암문을 나서 약속장소인 무한으로 향하는 휘.

시간 여유가 있었기에 수로를 따라 움직이는 배를 타고 느긋한 휴식을 취하며 무한에 도착 할 수 있었다.

"오랜만이로군."

"무탈하신 것 같아 다행입니다."

정답게 인사를 건네는 검제를 향해 휘는 고개 숙여 인사한다.

무한에서도 알아주는 객잔의 후원을 통 채로 빌려버린 덕분에 사람들의 눈을 신경 쓰지 않아도 되니 나쁘지 않았다.

두 사람이 쓰기엔 과할 정도로 넓긴 했지만.

"저쪽에서 왜 부르는 것인지는 알겠습니다만, 꼭 제가 있을 필요는 없다고 생각합니다만?"

"내가 이야기를 하겠지만 그것만으론 부족한 부분이 있을 테니까. 나이 먹으면 맞는 이야기도 틀리게 들리는 부분이 있으니, 확실히 해야지."

"…검제께서도 해당되는 이야기 같습니다만?"

"젊은 사람이 늙은이 꼬투리 잡는 거 아닐세. 허허허!"

웃음으로 때우며 시선을 돌리는 검제를 보며 휘도 웃었다.

"놈들의 움직임에 주의를 하는 자들이 늘어나는 것은 분명 좋은 일이지만, 이로 인해 괜히 타초경사의 우를 범하는 것은 아닌가 싶네."

"어차피 시기가 빠르고 늦고의 차이가 있을 뿐 놈들이 움직이는 것은 막을 수 없습니다. 그렇다면 우리 피해를 줄이는 것에 집중해야지요."

"늙으니 걱정부터 되는 것이 문제야. 문제."

웃으며 자신을 탓하지만 실상은 달랐다.

은근슬쩍 앞으로의 이야기 방향을 이야기 해준 것이나 마찬가지인 것이다.

휘 역시 그것을 잘 알아들었고.

그리고 잠시 뒤 마침내 기다렸던 인물 두 사람이 들어섰다.

"오랜만에 뵙습니다."

"허허, 앉게나들."

동시에 고개를 숙여 인사하는 둘에게 손짓으로 자리를 가리킨 검제가 기다렸다는 듯 식은 찻주전자를 들어 절묘한 삼매진화로 따뜻하게 데워 두 사람에게 내놓는다.

조르륵.

언뜻 쉬워 보이지만 기를 다루는 기술이 절정에 달하지 않으면 흉내조차 낼 수 없는 모습이다.

물론 이 자리에 있는 사람 중 그걸 못하는 사람은 없지만.

"소개하지. 이쪽은 암문의 주인 장양휘라네."

"호! 자네가?"

휘의 소개에 눈을 빛내는 것은 같지만 호기심을 먼저 드러낸 것은 무당의 태극검이었다.

그렇지 않아도 소문이 자자하다 보니 한 번 만나고 싶었는데 이렇게 자리가 된 것이다.

"검제께서 인정을 했다는 것은 잘 알고 있습니다만, 이 자리와는 관련이 없는 것이 아닐지 언지요?"

조용히 입을 여는 혜명대사의 말에 검제가 피식거린다.

"필요 없으니 꺼지라는 거지?"

"곡해십니다. 단지 이 자리에서 주고받을 이야기의 중요함을 생각했을 따름입니다."

재빨리 사과하는 혜명대사를 보며 웃어 준 그는 진지한 얼굴로 돌아와 이야기를 시작했다.

"자네들이 무슨 이야기를 할 것인지는 이미 알고 있네. 그렇기에 녀석을 데리고 온 것이고."

갑작스런 이야기에 두 사람의 시선이 휘를 향하고.

검제가 말을 이었다.

"현 무림에서 일월신교 놈들에 대한 정보를 가장 많이 알고 있는 것이 바로 그일세. 본가 역시 그의 도움을 받았고. 솔직하게 말해서 놈들의 뿌리를 뽑아내고 싶다면 허심탄회하게 그에게 도움을 요청하게나. 그 누구보다 중원 무림을 위하고 있는 자이니."

검제의 말이 있었음에도 불구하고 두 사람은 쉽게 입을 열지 못했다.

당연한 일이었다.

아무리 검제의 보증이 있다 하더라도 처음 보는 자였고, 아직 제대로 파악도 하지 못했다.

그런 자에게 문파의 치부를 드러낼 순 없는 것이다.

그것을 본 검제가 혀를 찼다.

"아직도 정신을 못 차렸군. 문파의 근간이 흔들리고 나서도 정신을 못 차릴 놈들 같으니라고. 틀렸으니 일어서게!"

결국 검제가 화를 내며 자리에서 일어섰고, 그제야 혜명 대사와 태극검이 놀라며 그를 말렸다.

그러고서도 약간의 시간이 있고서야 한숨을 내쉬며 태극 검이 입을 열었다.

내용은 이미 알고 있던 것과 대소동이했다.

문파 내의 간자들을 발견했다는 것과 그들의 처리방향과 이후의 대처였다.

이에 대해선 검제가 남궁세가를 예로 들어가며 이야기를 해주었다.

"…해서 마무리를 지었지. 처음엔 좀 삐걱댔지만 지금은 오히려 훨씬 좋은 효과를 내고 있지. 밑에서 치고 올라오는 자들이 한 둘이 아니니, 세가 전체가 강해지고 있는 느낌이 라고 할까? 단순히 썩은 물을 떠내는 것이 아니라 물갈이 를 확실히 해버린 느낌이지."

"으음…."

"남궁세가의 예는 잘 알겠습니다만."

"저희나 무당이라 그러기엔 쉽지 않습니다. 규모도 다를 뿐더러 본산의 인원과 속가제자들 간의 형평성까지 따져야 하니까요."

"본가 역시 한 둘이 아닌 분가들 때문에 고생했네. 그렇 다고 분가가 무서워서 일을 치르지 못할 순 없지. 어디까지 나 본가가 있기에 분가가 있는 것이니까."

단호한 검제의 대답에 두 사람은 눈을 감고 생각에 잠긴다.

검제의 말은 조금도 틀린 것이 없었고, 둘 모두 미래를 위해선 검제의 말처럼 해야 한다는 것을 알고 있었다.

그럼에도 쉽게 결정을 내리지 못하는 것은 두 문파 모두 그 규모가 너무나도 컸기 때문이다.

정파 무림의 대두라는 소림과 무당이니 만큼 더더욱.

그때 듣고만 있던 휘가 입을 열었다.

"당당히 드러내 놓고 움직일 수 없다면 반대로 하면 될 일이지."

"무슨 생각이라도 있는 것인가?"

휘의 말에 곧장 반응하는 태극검.

휘가 반말을 했다는 것도 인지를 못한 것인지 다급히 묻는 그에게 휘는 자신의 생각을 말했다.

"어차피 죽여야 하는 자들이라면 꼭 깨끗하게 죽일 필요는 없지. 방법은 무수히 많으니까."

"암살이라도 하겠다는 것인가?"

"필요하다면."

"허!"

헛웃음을 짓는 두 사람.

그와 달리 검제는 휘를 보며 말했다.

"그런 방법이 있었다면 우리에게도 이야기 해주면 좋았 잖느냐? 깨끗하고 조용히 처리 할 수 있었을 텐데!"

"잘 처리하셨지 않습니까? 게다가 물어 보지도 않으셨으면서 뭘 그러십니까."

"끄응!"

단호한 휘의 말에 검제는 신음을 흘리며 고개를 돌린다.

삐진 것이다.

하지만 이미 그에게서 시선을 돌린 휘는 눈 앞의 두 사람을 바라보며 말했다.

"무림에서 더러운 일, 나쁜 일은 없다. 범인의 눈으로 보자면 무림인은 범죄자 그 이상도 이하도 아닐 테니까."

"말이 심하군."

결국 태극검이 얼굴을 찌푸렸지만 휘는 듣지 않겠다는 듯 연신 말을 토해냈다.

"자신의 손이 더러워지는 게 싫으면, 남 역시 마찬가지. 자신의 손만 깨끗하고 남의 손은 더러워지길 바란다면 그것보다 도둑놈 심보가 있을까. 어차피 무림이라는 것이 그런 것이니까. 그 중에서 덜한 놈, 더한 놈을 찾는 것일 뿐."

"더 이상 못 듣고 있겠군."

"나 역시 마찬가질세."

결국 자리에서 일어나는 두 사람.

하지만 휘는 말을 끝내지 않았다.

"이번에 처리하지 못하면 수백에 이르는 제자들을 희생하게 되겠지. 그제야 후회해도… 죽은 사람의 목숨은 돌아오지 않는다."

"껄껄껄! 옳은 말이지. 덜한 놈과 더한 놈의 차이가 있을 뿐이지. 내 오늘 좋은 말을 들었군 그래!"

묘한 분위기가 이어지려 할 때 검제가 웃음을 터트리며 분위기를 조절한다.

그러면서 눈짓으로 휘를 자리에 앉히고 일어선 두 사람 역시 다시 앉힌다.

어차피 일어섰다고 하더라도 협상을 포기 할 생각이 없다는 것을 검제는 잘 알고 있었다.

저들도 멍청이가 아니라, 지금이 아니면 더 많은 희생을 치러야 한다는 것을 알고 있었다.

휘가 직설적으로 말을 하긴 했지만 틀린 말도 아니었고.

"분위기가 이상한 쪽으로 흘렀는데, 내 한 마디만 하지. 현 무림의 힘으로 철저히 준비한 일월신교의 공세를 감당 할 수 있을 것이라 생각하는가? 진정 그렇다면 일어서게."

"……."

두 사람은 일어서지 못했다.

현실을 알고 있기에 이 자리에 나온 것이었으니 당연한 일이다.

그 모습에 빙그레 웃으며 검제는 휘에게 물었다.

"현 상태로 일월신교와 싸우게 된다면 어찌 될 것 같으냐?"

"객관적으로 봐서… 석 달. 석 달 안에 서쪽은 완전히 잡아먹히고 사천을 경계로 어떻게든 버텨보려 하겠지만."

"하겠지만?"

"하나로 뭉치질 못하니 쓸데없는 짓이죠. 결국 반년 만에 호북까지 잃어버릴 겁니다. 그만큼 그들은 철저한 준비를 했고 강한 힘을 길러냈습니다."

"덤으로 중원 곳곳에 독을 심었고?"

검제의 말에 휘는 고개를 끄덕였다.

혜명대사와 태극검은 쉽게 휘의 말을 믿을 수 없는 눈치였지만… 그렇다고 반박하지도 않았다.

과거의 기록을 뒤져봐도 일월신교의 힘은 보통이 아니었고, 그가 말하는 독은 자신의 문파 내에도 존재하기 때문이다.

그것만 봐도… 그의 말이 거짓이 아님을 알 수 있었다.

결국 모든 것을 체념한 태극검이 물었다.

"…방법이 무엇인가? 이야기 해주게."

그제야 휘는 고개를 끄덕이곤 말했다.

"목표를 정하면… 암영이 움직인다."

"암영?"

"암문의 힘이자 전부지. 암영이 움직이면 조용히 끝을 낼 수가 있지. 더불어 약간의 조작을 통해서 흔적을 남길 수도 있음이고."

"흔적이라면 가상의 적을 만들자는 것이로군."

곧장 휘의 말을 이해한 검제가 괜찮은 방법이라는 듯 고개를 끄덕인다.

"당장 일월신교의 등장을 알릴 수도 있겠지만, 그것이야말로 놈들이 더 매섭게 몰아칠 수 있는 먹잇감일 뿐. 차라리

가상의 적을 만들고, 거기에 대응을 하다가 일월신교로 시선을 돌리는 편이 훨씬 더 낫겠지.”

“으음… 확실히 그편이 낫겠군. 허나, 그 암영이라는 자의 실력은 믿을 수 있는가? 제법 실력이 있는 자도 속해 있음이니 걱정이 안 될 수가 없네.”

미리 오해를 차단하려는 듯 태극검이 재빨리 말을 붙이자 휘는 웃을 뿐 답하지 않았다.

그 웃음에 자신감만 가득 담을 뿐.

❖

현학검 유정악.

청양수 학선범.

위 두 사람은 외부에선 크게 주목을 받은 적은 없으나, 무당 내부에선 크게 인정을 받고 있었다.

실력도 실력이거니와 좋은 성격으로 든든한 평판을 얻고 있었다.

오죽하면 둘의 실력을 아는 자들은 무당의 숨겨진 힘 중 하나라고 칭할 정도였으니까.

그렇게 아무런 문제가 없어 보이는 그들이지만 실제로는 일월신교의 간자로서 아주 어릴 적에 무당에 침투한 자들이었다.

이들 외에도 몇몇 있지만 가장 강한 자는 역시 이 두 사람.

무당 장문인 태극검이 가장 걱정스러워했던 것도 이들 때문이었다.

워낙 실력이 뛰어난 이들이다 보니 조용히 처리하는 것이 힘든 것이다.

특히 무당 밖을 잘 벗어나지 않기 때문에 더욱 그랬다.

스스로 말하기 그렇지만 삼엄한 무당의 경계를 뚫고 들어와 처리해야 하는 일이니까.

솔직히 말해서 휘로선 암영들이 무당의 경계를 통 채로 뚫을 수 있을 것이라 판단했지만, 그걸 밖으로 들어낼 수 없었기에 적절히 그들을 외곽 경계로 배치하는 것으로 합의했다.

그것만으로도 충분히 조용히 처리 할 수 있었다.

만약 처리하는데 실패하고 소란이 일어나면… 쉽게 감당할 수 없는 일이 된다.

물론 태극검으로선 모르는 척하겠지만.

약속대로 두 사람을 외곽 경계에 배치한 그날.

태극검은 제대로 잠도 자지 못하고 동이 트길 기다렸다. 일이 성공했길 바라며.

걱정은 기우였을까.

"자, 장문인!"

창백해진 얼굴로 장로 하나가 달려와 보고한다.

"현학검과 청양수가 밤새 습격을 당해 죽었습니다!"

"뭐, 뭐라?!"

"어서, 어서 가보십시오!"

장로의 보고에 그는 깜짝 놀라는 척을 하며 재빨리 방문을 나선다. 그런 그의 얼굴엔 작지만 안도감이 서려 있었다.

이 날을 시작으로 소림과 무당의 무인들 수십이 은밀한 습격으로 죽임을 당했다.

공통점은 실력은 있으나 외부 활동을 잘 하지 않고, 문파 내에서 인지도가 있는 자들이라는 것.

경계에 나서거나 산문 밖으로 나갔다가 일을 당하는 경우가 많다는 것.

자세히 뜯어보면 또 다른 공통점이 있을 수도 있지만 두 문파는 이런 의견을 나누지 않았다.

일종의 자존심과도 같은 문제기 때문이다.

문파 내에서 벌어진 일이나 마찬가지인 일.

외부에 알려지기엔 문파의 체면이 깎이는 일이기에 조용히 내부적으로 조사 할 수밖에 없다.

그 조사단을 꾸리는 정점에 선 혜명대사와 태극검은 완벽한 일처리에 소스라치게 놀라면서도 만족했다.

이번 일로 문파 내에 존재하는 간자는 확실히 처리 할 수 있었으니까.

물론 자신들이 파악한 자들뿐이기에 조용히 숨어 있는 자들이 있을 수도 있지만, 그들은 입을 다물 것이다.

앞서 죽은 자들을 보며.

그것만으로 당장은 만족 할 수 있는 두 사람이었다.

하지만 완벽한 비밀은 없는 법이라 두 문파에 문제가 일어났음이 알음알음 밖으로 흘러나간다.

사실 여기까지도 의도한 바였다.

문파를 나선 이들을 밖에서 죽인 것도 그것을 노리고 벌인 일이니까.

그 과정에서 혈우(血羽)가 발견되었다.

모든 죽은 이들의 곁에서 말이다.

누가 죽었는지 정확히 전해지진 않았지만 혈우의 존재는 빠른 속도로 알려지기 시작했고, 곧 무림의 수면 위로 떠오르는 소문이 되었다.

그 바탕에는 천탑상회와 남궁세가의 적극적인 도움이 있었다.

뿐만 아니라 미리 파악해 두었던 일월신교의 분타 중 몇 곳을 치고, 일부러 혈우를 남겨 두었다.

보란 듯이 말이다.

"계획했던 대로 혈우의 존재가 빠르게 알려지고 있어요. 아직은 혈우에 대해 확실히 파악하지 못했지만 곧 눈치 채는 문파가 나오겠죠."

"그때부터가 확실한 시작이지."

"그렇죠. 그래도 미리 이야기를 해주셨으면 좀 더 좋은 계획을 짤 수 있었을 텐데요."

"이번엔 그럴 수가 없었다."

휘의 말에 모용혜는 아쉽다는 듯 한숨을 내쉬지만 곧 회복하였다.

뒤늦게 알았지만 혈우란 생각을 떠올린 것은 바로 그녀였다.

가상의 문파를 내세운다곤 하지만 무림을 하나로 뭉치게 하기 위해선 적절한 지명도가 있는 곳을 골라야 하는데, 잘못 고르면 안하느니 못하게 되어버린다.

그렇기에 고민하고 있을 때.

모용혜가 좋은 생각을 해낸 것이다.

"무려 오백년 전의 문파이니 크게 자료가 남아있진 않겠지만, 그래도 알고 있는 곳이 있을 거예요. 없으면 우리가 흘려도 되고요."

"혈우곡(血羽谷). 전설과도 같은 이야기를 잘도 생각해냈군."

"그러라고 있는 자리니까요."

당당히 웃는 그녀.

혈우곡은 무려 오백년도 전에 존재했던 문파로 당시 혈우비사라고까지 불리는 어마어마한 피해를 가져왔던 문파였다.

워낙 오래된 문파다보니 기록도 남아있는 곳이 드물겠지만, 당시엔 아주 무서운 문파였다.

오직 사람을 죽이는 것에만 목적을 두고 무공을 수련할 뿐만 아니라, 그 괴랄한 무공은 무림에서 두 번 다시 찾아보기 어려울 정도였으니까.

완벽하게 사라져 버린 그들을 다시 끄집어 올린 것은 그만큼 이용하기 좋기 때문이다.

　혈우곡 정도라면 최소한 정도맹을 하나로 만들고, 사파와 어느 정도 연락을 취할 수단을 만드는 것은 가능 할 테니까.

　그러기 위해 암영들은 이곳저곳을 뛰어다녀야 하겠지만 말이다.

48 章

"실…패라?"

의외의 보고에 단목성원의 얼굴이 일그러진다.

평소 호기롭게 웃고만 다니던 그의 얼굴에 떠오르는 악귀의 모습.

하지만 금세 웃는 얼굴로 돌리며 찻잔을 집어 든다.

"의외로군."

"저도 놀랐습니다. 실패할 확률이 거의 없다고 생각했습니다만."

여전히 단목성원의 한 발 뒤에 자리를 지키고 선 마창.

평소 감정을 잘 드러내지 않는 그이지만 이번만큼은

당혹스러움을 숨기지 못했다.

"고양이 정도는 된다고 생각했는데, 알고 봤더니 범이었다는 건가?"

쓰게 웃는 단목성원.

괴검은 그에게도 쓸 수 있는 최고의 패였다.

실패했을 때를 대비해 이것저것 준비하긴 했지만 그 대부분은 그의 흔적을 지워버리기 위한 것이었다.

일월신교주의 첫 번째 제자가 시도한 일에 실패란 존재해선 안 되니까.

"지워버려."

"이미 명령을 내렸습니다."

그의 명령에 차갑게 대답하는 마창.

마창의 대답이 아주 마음에 들었던 듯 고개를 끄덕이던 그가 물었다.

"흔적은 확인했지만 시신은 아직 확인이 안 되었다고 했나?"

"예. 하지만 강기 무공의 특징을 생각하면 흔적도 남지 않았을 확률이 높습니다. 혹은 파악 할 수 없는 곳에서 죽었거나."

"도망쳤을 확률은?"

"없습니다. 놈의 성격상 더 그랬을 겁니다."

마창의 단호한 대답에 단목성원은 고개를 끄덕여 그의 말을 인정했다.

보고도 그랬다.

온 사방에 강기 무공의 흔적이 확실하고 멀쩡한 것이 하나도 없었다고.

수십 년을 자란 튼튼한 나무와 돌이 가루가 되어 사라진 곳이다. 사람의 시신이라고 해서 다를 것이 없다.

그만큼 강기란 것은 무서운 것이니까.

"그럼 확실히 죽었단 소린데… 놈의 상태는?"

"아직 알려진 것이 없습니다. 알아보고는 있습니다만 두문불출 상태라…."

"쯧!"

짧게 혀를 차는 단목성원.

이것저것 마음에 드는 것이 없지만 어쩔 수 없다는 것을 그도 잘 알고 있었다.

특히 먼 곳에서 수하들을 움직이려니 수족처럼 즉각 반응하지 못한다는 것이 제일 큰 불만.

'대계는 망가졌어. 회복불가야. 이럴 때 사부님께서 계시면 차라리 이대로 중원으로 가자고 말씀이라도 드려보겠지만 그러질 못한단 말이지.'

단목성원은 더 이상 대계를 살릴 수 없을 것이라 판단했다. 만약 그에게 명령권이 있었다면 즉각 중원으로 뛰쳐 나갔을 터다.

어차피 대계는 망가졌다.

그렇다고 중원에 심어 놓은 것들까지 완전히 사라진 것은 아니기에 그것을 충분히 이용 할 수 있는 지금.

움직일 수 있는 최고의 적기라 생각했다.

시간이 흐르면 준비해놓은 것들도 그 힘을 잃을 수 있으니 말이다.

다만 그럴 힘이 없다는 것이 두고두고 아쉽다.

"조용히 움직일 수 있는 패가… 이젠 없겠지?"

"괴검 이상의 패는 없습니다. 그 이상의 실력자들도 있으나 교주님의 통제를 받는 걸로 파악됩니다."

"결국 가장 중요한 힘은 사부님께 쥐어진 셈이군."

"송구합니다."

자신의 잘못이라도 되는 냥 고개를 숙이는 그에게 단목 성원은 손을 휘둘렀다.

"됐어. 일단은 지켜보는 쪽으로 선회한다. 이 이상 움직이는 것은 역시 부담스러우니까. 대신에… 둘째는 좀 찔러보도록 하지."

"영악하신 분입니다."

"쉽게 넘어오진 않겠지. 놈도 바보가 아닌 이상은 말이야. 그래도 상처 입은 자존심은 쉽게 치유되지 않는 법이고, 그걸 치유하기 위해선 원인을 도려내야 하는 법. 그건 나도 알고, 너도 알고, 녀석도 아는 것이지."

단목성원이 비릿하게 웃었다.

❖

계획대로 혈우곡에 대한 것이 조금씩 알려지기 시작했다. 오래된 것이라 정보가 없을까 싶었는데 다행이 가지고 있는 문파가 몇 있었다.

그들에게서 시작된 혈우곡의 정체는 빠르게 퍼지기 시작하더니.

이젠 중원 무림을 위협하는 적이 되어버렸다.

여기까진 휘가 의도했는데, 문제가 생겨버렸다.

자연스럽게 일월신교에 대해 무림에 알렸다 생각했는데 혈우곡의 등장으로 인해 그동안 일월신교의 일이 전부 혈우곡의 것으로 탈 바꿈 하고 있었다.

그렇다고 해서 딱히 막을 필요는 없다.

어차피 일월신교의 준동과 함께 혈우곡은 다시 잠들 운명이니까.

다만 그 진까지 얼마나 잘 이끌어가는 것이 문제인데 이것은 검제를 비롯한 혜명대사와 태극검이 잘 해줄 것이다.

오대세가의 수장과 구파일방의 기둥 둘이 나섰으니 약간의 이견이 있어도 금세 해결 될 것이 뻔했다.

"이제 좀 쉴 수 있겠군."

덕분에 휘는 오랜만에 쉴 수 있었다.

괴검의 일부터 시작해서 제대로 쉬지도 못하고 뛰어다녔던 덕분인지 알게 모르게 몸에 피로가 가득하다.

그렇게 이틀을 쉬었을 때.

암문의 앞으로 초대장이 날아들었다.

화려한 금박과 함께 정도맹의 직인이 찍힌 그것이 말이다.

"정도맹의 초대장이라…"

뜯어보지도 않은 초대장을 바라보며 얼굴을 구기는 휘.

무슨 내용인지 알 순 없지만 분명한 사실 하나는 휴식시간이 사라졌다는 것이다.

어떤 내용이든 결국 움직이게 될 테니까.

휘릭.

초대장을 풀어 펼치자 힘이 느껴지는 글씨가 눈에 들어온다.

꽤나 긴 내용이었지만 마지막까지 전부 읽은 뒤 휘가 종합한 것은 딱 두 줄이었다.

정도맹의 화합을 위한 비무대회를 개최한다.

참석해서 자리를 빛내 달라.

'두 줄로 요약 할 수 있는 글을 길게도 썼군. 결국 군사의 자리에는 신묘인가.'

말미에 써진 신묘라는 이름에 주목하는 휘.

머리로는 천하에서 두 번째라면 서러울 가문이 제갈세가이니 만큼 그들이 정도맹의 군사직을 맡는다 하더라도 이상할 것이 없다.

휘가 아는 미래에서도 그러했었고.

다만 초대장 말미에 정도맹주가 아닌 군사의 직인이 찍혔다는 것은 많은 것을 의미한다.

그 중에서도 가장 큰 것은.

"아직도 맹주가 정해지지 않은 모양이네."

맹주 자리가 비었다는 것.

"어쩌면 이번 비무대회를 통해서 조용히 맹주를 뽑으려 들지도 모르겠네."

본래대로라면 배분과 실력이 현 무림에서 가장 앞선다는 검제가 되고도 남음이 있지만 구파일방과 오대세가 간의 미묘한 알력이 발목을 잡는다.

물론 그걸 제치더라도 충분히 맹주 위에 오를 수 있겠으나, 검제는 본래 그런 것을 싫어하는 사람이라 거절했다.

그러다보니 더 꼬이고 꼬이게 된 것이 분명했다.

그렇다고 검제에게 맹주 자리를 주는 것이 맞느냐?

"그건 좀 그렇지."

휘가 생각했을 때 그가 맹주 자리에 오르면, 정도맹의 앞날은 뻔했다.

앞뒤 가리지 않고 달려들다 몰살.

맹주의 성격 등에 따라 한 세력의 성향이 달라지는 것은 어찌 보면 당연한 일이니.

"누가 세일 좋을까?"

사실 휘가 기억하는 정도맹주만 하더라도 여럿이다.

이유는 하나.

오래 버티지 못하고 죽임을 당하거나, 연이은 실패로 책임을 지고 내려왔기 때문이다.

대부분은 죽었지만.

그 중엔 분명 괜찮은 자들도 있었다.

그렇기에 죽은 자들.

여럿을 떠올리던 휘의 머릿속에 어느 순간 떠오르는 한 사람이 있었다.

비록 재임기간은 단 한 달에 불과했지만 처음으로 일월신교에 중원 무림이 반격을 했을 뿐만 아니라, 반대로 밀어내기까지 했었다.

그 뛰어남에 발목을 붙들려… 결국 휘의 손에 죽고 말았지만.

당시 정도맹. 아니, 무림맹주의 자리에 올랐던 그를 죽이기 위해 암영들 여럿이 희생을 해야 했을 정도로 실력도 뛰어나다.

"문제는 그를 끌어내는 건가?"

긁적.

문제는 그가 아직 세상에 드러나기 전의 사람이라는 것이다.

무림에서 모르는 사람이 없을 정도로 유명하고 신비한 문파의 주인인 그.

"태양신군. 그를 찾아야 하겠어."

어차피 자기들끼리 싸우느라 바쁠 비무대회 보다는 이쪽에 시간을 쏟는 편이 나을 것 같았다.

그렇다고 아예 무시 할 수도 없으니….

"모용혜를 보내면 되겠지."

그녀의 지위라면 암영 일개 조를 함께 보내면 괜찮을 것이다. 똑똑하고 눈치가 빠른 여인이니까.

"그럼 난 이쪽을 준비해 볼까?"

초대장에서 시작된 일이 커져버린 느낌이지만 휘는 개의치 않았다.

어차피 움직여야 하는 일이고 처음부터 그가.

태양신군이 나선다면 좀 더 강력하게 무림을 이끌어 나갈 수 있을 것이 분명했다.

'혼자서 모든 것을 할 순 없어. 난 최전방을 달리는 검이지 후방에서 지휘하는 쪽이 아니야.'

자신에 대해 너무나 잘 알기에 휘는 후방을 든든히 해줄 사람이 이젠 필요했다.

암문에서 모용혜가 그러하듯 중원 무림에도 그런 존재가 필요했고, 휘는 태양신군을 점찍었다.

무림에서 강한 힘을 가진 문파를 떠올리면 수도 없이 많은 문파를 떠올리기 마련이다.

하지만 가장 신비로운 문파를 떠올리라고 한다면 열에 아홉은 한 곳을 떠올린다.

천년을 일인문파로 이어져 내려 왔다 전해지는 태양문.

오직 일인계승으로 이루어지며 그 계승자의 능력은 하늘에 닿아 있는 것으로 유명한 곳.

세상이 혼란해질 때마다 모습을 드러내 큰 도움을 주곤 사라지는 그들을 무림에선 신비문이라 부르기도 했는데, 분명한 것은 태양문의 주인은 강하다는 것이다.

그 끝을 알 수 없을 정도로.

다만 평소엔 결코 모습을 드러내는 일이 없기에, 그들이 어디에 있는지 무엇을 하는 지 누구도 알지 못한다.

스스로 모습을 드러내기 전엔 말이다.

무림의 무수한 문파들이 전력을 다하고도 찾아내지 못한 문파의 위치지만 휘는 달랐다.

전생에서 태양신군을 직접 죽인 것이 바로 휘였다.

그를 죽이기 위해 일월신교에선 평소 그가 좋아하는 것, 즐기는 것, 싫어하는 것까지 방대한 것을 조사했었다.

당시 암영들이 굉장한 힘을 발휘하고 있었지만 태양신군의 강력함 앞에선 무작정 달려들기 어려웠기 때문이다.

그 결과 태양신군을 죽일 수 있었다.

암영들 몇을 잃으며.

당시 휘도 꽤나 큰 상처를 입었었지만 괴물 같은 치유력으로 금세 전장에 투입되었던 기억이 있었다.

"일단 움직이면 불같은 자가 평소엔 조용한 것을 즐긴단 말이지."

그때 그를 죽인 장소는 호수 가였다.

마음의 평안함을 주기 위해 즐기곤 하는 낚시에 나섰다가 목표물이 된 것이다.

누구도 모르게 빠져나와 낚시를 즐기고 돌아가는 그.

그렇지만 꼬리가 길면 밟히는 법.

우연히 그것을 알아낸 일월신교는 들키기 전에 암영들을 보냈던 것이다.

그가 항시 들리는 곳은 홍택호(洪澤湖).

다른 곳들을 두고 홍택호에만 그것도 같은 자리만 고집했다는 것은….

'지금도 그럴 수 있다는 거지.'

마음의 평온을 지키기 위해서라도 익숙한 장소를 찾았을 것이 분명했기에 휘는 그곳에 희망을 걸고 움직였다.

홍택호가 아니라면 사실 휘도 그를 찾는 것을 포기하는 수밖에 없다.

드넓은 중원에서 확실한 정보도 없이 그를 찾는다는 것은 불가능힌 일이니까.

홍택호는 중원의 수많은 호수들 중에서 꽤 큰 규모를 자랑한다. 뿐만 아니라 홍택호 주변의 산들이 그리 높지 않은 탓에 가끔 이곳을 바다로 착각하는 사람들도 여럿.

배를 타고 유람을 할 수도 있는 곳이기에 평소에도 꽤나 많은 사람들이 들리는 이곳.

호수의 가장 자리를 따라 움직이면 몇날 며칠을 걸어도 그 끝을 볼 수 없을 정도로 넓다.

하지만 휘는 익숙한 듯 한곳을 향해 움직인다.

갈대가 우거져 있고, 땅이 단단하지 않아 발이 푹푹 빠지기에 사람들이 찾지 않는 곳.

곳곳에 산재한 억센 수초들 때문에 유람선들도 쉬이 접근하지 않기에 홀로 생각에 잠기기에 최적의 장소.

호수를 앞두고 자리한 거대한 돌.

마치 두꺼비를 닮은 큰 돌은 일반인은 오를 수 없을 정도로 미끌거리고, 잡을 곳이 없지만 무림인들에겐 아무런 문제가 없는 높이다.

위에 오르면 평평하고 햇볕에 잘 말려져 깨끗한 돌을 볼 수 있는데, 바로 이곳에서 태양신군은 낚시를 즐긴다.

"오늘은 안 나온 모양이로군."

혀를 차며 자리에 앉는 휘.

어차피 그가 언제 나올 것인지 알 수 없으니, 휘에게 남은 것은 기다림뿐.

계속해서 기다리고만 있을 순 없겠지만 최소한 시간이 나는 지금은 괜찮을 터다.

그렇게 삼일이 지났을 때.

어느새 휘는 인근 대나무 숲에서 만들어 온 낚시대를 호수를 향해 휘두르고 있었다.

휙―!

참방.

어차피 기다려야 하는 것 낚시라도 하면서 시간을 보내

려는 것이다. 더불어 식량도 얻고.

낚시란 즐기는 사람에겐 즐거움이지만 그렇지 못한 사람들에겐 지겨움의 연속이다.

다행이 휘에겐 맞았는지 낚시를 하고 있다 보면 시간이 금방 흐르곤 했다.

그렇게 이틀을 더 보내고, 이 자리에 도착한 지 오 일째가 되었을 때.

"허허, 오늘은 선객이 있군그래. 괜찮으면 함께해도 되겠는가? 이 자리가 아니면 낚시를 할 수 있는 곳이 드물어서 말일세."

웃으며 사람 좋은 얼굴을 한 채 모습을 드러내는 노인.

백발이 성성하지만 단정하게 머리를 묶었고, 깨끗한 백의를 입은 그를 보며 휘는 눈을 빛내며 고개를 끄덕였다.

"얼마든지요."

"고맙네. 어차!"

허락이 떨어지기 무섭게 그는 인근에 숨겨두었던 것인지 튼튼한 대나무로 만든 사다리를 가져와 놓더니 그것을 타고 돌 위에 오른다.

마치 무공을 전혀 모른다는 듯이.

능숙하게 자리를 잡은 그는 빠르게 낚시대를 던졌다.

나란히 자리를 잡고 앉은 두 사람은 대화가 없었다.

그러길 한 시진.

침묵을 깨고 먼저 입을 연 것은 노인이었다.

"날 찾아온 이유가 무엇인가?"

"아셨습니까?"

"이 자리에 오 일이나 있지 않았나. 낚시도 잘 되지 않는 이곳에 자리를 잡고 그 오랜 시간을 있었다는 것은 날 만나기 위해 왔다는 것 밖에 되지 않지."

태연한 그의 말에 휘는 고개를 끄덕이면서도 놀라지 않을 수 없었다.

만약을 위해 기감을 제법 넓게 펼쳐놓고 있었는데, 휘는 그를 알아차리지 못했다.

이 말은 그의 실력이 지금의 휘를 뛰어 넘거나, 더 멀리서 그를 보았다는 것이다.

어느 쪽이든 쉽게 볼 수 없는 상대인 것이다.

'역시 태양신군이라고 해야 하나?'

평범해 보이기만 하는 노인.

하지만 그 실체는 태양신군이라 불리게 될 태양문의 당대 계승자였다.

"이런 식으로 날 찾아온 사람은 처음이로군. 아니, 무림인이 날 찾아온 것이 처음이라 해야 하겠지. 이제와 본문을 찾는 사람이 없을 것으로 생각했는데."

"원하는 것이 있다면 찾을 필요가 있는 법이지요."

"허허, 그렇긴 하지. 하지만 이 늙은이가 무슨 도움이 될지 모르겠구만. 이미 그 실력이 하늘에 닿았음인데."

휘의 실력을 알아본 듯 편하게 이야기하는 그에게 휘는

고개를 끄덕이며 답했다.

"전 태양문의 후계나 비급을 노리고 온 것이 아닙니다. 제가 익힌 무공을 완벽하게 소화하지도 못하는 상황에서 욕심을 낼 필요는 없지요."

"그래, 그래 보이는 군."

소림과 무당의 주인이라 할 수 있는 혜명대사와 태극검에게도 반말을 서슴지 않았던 휘다.

하지만 태양신군에겐 만나는 그 순간부터 존댓말을 쓰고 있었다.

이유는 단 하나.

그는 그럴만한 존재이기 때문이다.

그런 사실을 아는 것인지 모르는 것인지 태양신군은 재차 말했다.

"그럼 자네가 날 찾아온 이유는 무엇인가? 대답에 따라 이곳을 떠나야 할지도 모르겠군, 그래."

"무림을 이끌어주셨으면 합니다."

"무림을? 무슨 소릴 하는 것인지 모르겠군."

"정도와 사파를 어울려 끌어나갈 수 있는 분은 당신 밖에 없습니다. 당장은 아니지만 훗날 반드시 그리 될 것입니다. 그에 앞서… 정도맹주가 되어 주십시오."

"허!"

난데없는 소리에 태양신군은 허탈한 웃음을 토해낸다.

도저히 이해 할 수 없는 이야기 투성인 것이다.

그때 휘는 일월신교에 대해 이야기를 털어 놓았다. 이후 예측되는 놈들의 행보에 대해서도.

일월신교와 현 무림의 상황 등에 대해 상세하게 설명을 마친 휘는 입을 닫았다.

이제 자신이 할 수 있는 일은 끝났다.

남은 것은 그의 선택 뿐.

"쉽게 믿을 수 있는 이야기는 아니로군."

고개를 내젓는 그.

태양문에도 일월신교에 대한 기록이 있다.

무림이 위기를 겪을 때마다 큰 도움을 주었던 태양문이니 어쩌면 당연한 일이고, 일인전승으로 이어지는 만큼 그 내용 역시 상세하기 그지없다.

자신의 기록은 후대의 힘으로 작용하니까.

태양문의 진정한 힘은 거기에서 기인하는 것이기도 했다.

누구보다 오랜 역사와 기록을 바탕으로 움직이니까.

"전 거짓을 말하지 않습니다. 조금만 알아봐도 알 수 있는 사실을 굳이 만들어 낼 이유가 없지 않습니까."

"허허허…."

"믿지 못하는 것도 당연하다 생각은 합니다만, 그래도 믿어야 합니다. 믿지 못한다면 훗날 무림은 더 큰 상처를 안게 될 겁니다."

"갑작스럽군. 너무 갑작스러운 이야기야."

고개를 흔드는 태양신군을 보며 휘는 한 발 물러섰다.

아직 그에게 확실한 믿음을 주지 못한 상태에서 밀어 붙이기만 할 순 없었다.

"오늘은 제 입장의 이야기를 전달하는 것으로 끝내도록 하지요. 괜찮다면 내일 이 시간에 다시 어떻습니까?"

"좋네."

그가 허락하자 휘는 낚싯대를 빠르게 정리하곤 자리를 비켰다.

하루라는 시간은 태양신군이 무림에 대한 정보를 얻게 하기 위한 유예시간이었다.

일부러 시간을 준 것이고, 태양신군 역시 그것을 받아 들였다.

단순히 거절하기엔.

휘에게 느껴지는 진실함이 발목을 잡았던 것이다.

"허허, 재미있는 젊은이로군. 그리고 미래를 볼 줄 아는 자야. 그럼 나도 나름대로 정보를 취해볼까?"

평소라면 해가 질 때까지 이곳에 있겠지만 제대로 된 정보를 얻기 위해 태양신군은 일찍 낚시를 접었다.

다음 날 같은 시간이 되자 그곳엔 휘가 먼저 자리를 잡고 있었다.

술 한 병과 오리구이를 들고서.

"이거 늦었군."

"괜찮습니다. 한잔 하시겠습니까?"

휘의 제안을 그는 흔쾌히 받아 들였고, 인근의 대나무를 베어 만든 잔을 휘는 내밀었다.

쪼르륵.

두 개의 잔에 술을 채운 뒤 간단한 인사와 함께 단숨에 술을 비워낸다.

싸구려 죽엽청이지만 그만큼 독한 탓에 목이 싸해져 온다.

휘의 취향대로 사온 술이지만 태양신군 역시 싫지 않은 듯 연거푸 몇 잔을 들이킨 뒤, 오리구이 한 점을 입에 댄다.

"좋군. 오랜만에 이런 호사를 누려보는군."

"다행이군요. 입에 맞으셔서."

"허허, 늙은이가 가리는 것이 무에 있겠는가. 그래서 어제의 이야기에 대해 조금 알아봤다네."

갑작스럽게 본론을 이야기하는 그이지만 휘는 놀라지 않고 경청했다.

"확실히 자네 말대로 몇몇 문제가 산재한 것은 사실이더군. 허나, 일월신교보단 근래 혈우곡에 대한 문제가 심각하더군. 무림도 그 때문에 뜨겁고."

"혈우곡은 존재하지 않습니다. 저희가 만들어낸 것이니까요. 어제 말씀드렸습니다."

"그래, 그렇지. 혈우곡은 존재 할 수 없지. 본문의 조사께서 그 근간까지 완벽하게 지우셨음이니."

그의 입에서 놀라운 이야기가 흘러나왔지만 휘는 개의치 않았다.

벌써 오래 전의 일이다.

이제 와서 안다고 해서 변하는 것은 없다.

"자네 말은 믿을 수 있다는 것이 내 개인적인 판단일세. 하지만 말처럼 쉽게 정도맹주의 자리에 오를 수 있는 것은 아닐세. 각 문파에 규율이 있듯 본문 역시 규율이 존재하네."

"어떤 규율입니까?"

처음 듣는 이야기였기에 휘는 귀를 기울였다.

"무림에 위기가 닥치기 전까진 외부 활동을 할 수 없다는 것이지. 평생 문파의 무공을 갈고 닦고서도 무림에 얼굴을 비치지 못한 조사께서도 존재하셨을 정도니까."

"그렇군요."

그제야 왜 태양문이 외부 활동에 소극적이었던 것인지 알 수 있었다.

문파의 규율은 대단한 것이라 쉽게 바꿀 수도, 어길 수도 없다. 특히 일인전승의 태양문과 같은 곳이라면 하늘과도 같은 명령일 것이다.

왜 그때 태양신군이 뒤늦게 나타난 것인지 이제야 알 수 있었다.

하지만 그렇다고 그를 보낼 수도 없는 일.

과거와 같은 절차를 밟을 것이라면 그를 찾을 이유가 왜 있겠는가.

"자네를 보내고 정보를 취득한 뒤 많은 생각을 했네. 그 끝엔 역시 정도맹주는 될 수 없다는 결론에 이르더군. 어찌 보면 당연한 일이지 않겠나? 무림에 얼굴조차 비추지 않은 자가 갑작스레 맹주가 될 수가 있겠나?"

"태양문의 이름이라면 가능 할 것 같습니다만?"

사실 태양신군의 말은 정석 그대로였다.

휘도 알고 있는 사실이지만 태양문이란 든든한 이름에 기대려는 생각도 없지 않았다.

태양문이란 이름과 소림, 무당, 남궁세가와 모용세가 그리고 자신이 도우면 충분히 가능한 일이라 생각했다.

"그리 쉬운 일이 아니네. 당장 나부터가 거부감을 가지고 있지 않은가."

"으음."

"대신 자네의 말처럼 현 무림에 심각한 위기가 도래한 것은 사실이라 생각하네."

"허면?"

"당분간 자네를 따라다닐 생각이네. 무림에 나설 때 나서더라도 어느 정도 익숙해지는 것이 낫지 않겠나."

빙긋 웃으며 말하는 태양신군을 보며 휘는 안도의 한숨을 내쉬었다.

비록 그를 정도맹주에 앉히는 것은 실패했지만 적어도 무림에 끌어들이는 것은 성공했다.

태양신군의 힘과 명성이라면 언제고 맹주의 자리에 오를 것이다.

그것이 정도맹이든. 무림맹이 되었든.

그렇게 태양신군이 아무도 모르게 암문에 합류했다.

괴검에 이은 태양신군까지.

그야 말로 용담호혈과도 같은 곳으로 점차 변해가고 있는 암문이었다.

❖

장양운의 전폭적인 지원 아래 취진양은 결국 비응단의 완벽한 개량에 성공했다.

기존 비응단에 들던 가격의 3할 수준으로 만들 수 있게 된 것이다. 뿐만 아니라 들어가던 영약 역시 다른 것들로 대체가 가능하게 되었다.

가격과 재료까지 완벽하게 잡은 것이다.

다만 진짜 비응단에 비해 그 위력을 발휘하는 시간이 짧다는 것이 흠이지만 가격을 생각한다면 무시해도 좋을 정도였다.

"1차로 만들어낸 스무 알 입니다. 한 달 이내로 다시 이만큼을 추가 할 수 있습니다."

"가격과 성능은 잡았지만 만드는데 시간이 걸리는 군."

"이것만큼은 저도 어쩔 수가…."

아쉽다는 장양운에게 취진양은 고개를 숙인다.

해결을 위해 부단히 노력을 했지만 시간을 단축시킬 순 없었다.

본래 비응단이 만들어지기까진 칠일을 필요로 하는데, 개량된 비응단은 한 달이 걸린다.

밤낮을 가리지 않고 살펴야만 만들어지는 것이라 비응단을 만드는 인원이 늘어나고 일에 익숙해지지 않는 한 대량으로 만들어 내는 것은 어려웠다.

"일단 믿을 수 있는 이들로 인원을 추가하곤 있습니다만, 아무래도 상황이 상황이다 보니 더딜 수밖에 없습니다."

"됐어. 이것만 하더라도 훌륭한 성과다."

"감사합니다."

웃으며 고개를 숙이는 취진양의 어깨를 두드리는 장양운.

만드는 시간을 제외하면 모든 것이 마음에 들었다.

특히 보잘 것 없는 무인들을 이것 하나로 일류무인 수준으로 만들어버리는 것에 그는 크게 만족하고 있었다.

이 말은 곧 쓰레기 같은 무인들도 충분히 써먹을 수 있다는 것이니까.

그렇지 않아도 계속되는 계획의 실패로 골머리를 앓던 찰나였기에 취진양의 성공은 운에게 큰 기쁨이었다.

뿐만 아니라 근래 지각의 분위기 역시 나쁘지 않았다.

은둔자들이 하나 둘 지각에 합류하며 힘을 키우기 시작했고, 그들이 균형을 잡기 시작하자 무너졌던 기강이 바로 서기 시작했다.

그야 말로 지각 전체가 장양운을 위해 움직이기 시작한 것이다.

본래 그가 생각했던 것처럼 말이다.

"이건 내가 가져가도 되겠지?"

"얼마든지요. 제가 하는 일은 모두 도련님, 아니 주군을 위한 것입니다."

"고맙군. 필요한 것이 있으면 언제든 이야기해. 내가 할 수 있는 한에서 얼마든지 지원을 해줄 테니."

"감사합니다."

고개를 숙여 인사하는 그를 뒤로 하고 장양운은 작은 주머니에 넣어진 비웅단을 가지고 자신의 집무실로 복귀한다.

이젠 완전히 익숙해져 버린 지각의 집무실.

본래 자신이 머물던 거처에 마지막으로 간 것이 벌써 몇 달 전의 일이다.

지각 안에 그의 집무실과 거처가 다 있으니 굳이 갈 필요가 없는 것이다.

홀로 자리에 앉아있을 때였다.

"이거 또 귀한 물건을 가지고 계시는 군요."

스르륵.

마치 기다리고 있었다는 듯 홀로 있는 장양운의 맞은편에 엉덩이를 붙이며 모습을 나타내는 그.

"드디어 완성했어. 당장 대량으로 생산하기는 어렵지만 꾸준히 물건이 나올 테니, 그것만으로도 충분하지."

"비웅단이 이런 식으로 개량이 될 수 있을 것이라곤 생각지도 못했습니다."

비웅단의 개량은 그 역시 생각지 못했던 것.

그렇기에 진심으로 놀라하고 있었다.

"집념의 결과라고 봐야 하겠지."

"후후, 도련님의 곁으로 인재들이 모여들고 있는 것이겠지요. 이걸로 꽤 재미있는 상황을 만들어 낼 수도 있겠군요."

"여러 가지로 쓸 수 있겠지."

고개를 끄덕이는 장양운을 보며 그가 물었다.

"실험은 언제 하실 생각이십니까?"

"곧 좋은 기회가 있겠지. 당장은 어렵지 않겠어? 대계의 실패 등으로 인해 외부 활동이 축소된 데다, 지각의 현 상황을 생각하면 자리를 벗어나기도 어렵고."

현실적인 부분을 짚어가는 장양운에게 그는 고개를 끄덕이며 동의했다.

"확실히 지금 도련님께서 몸을 빼기는 어려운 부분이 있지요. 큰 도련님께서 밖으로 나온 지금은 더더욱 그렇고 말입니다."

"아무래도."

어깨를 으쓱이는 장양운.

지금은 그에게 뒤질지 몰라도 시간은 자신의 편이란 든든한 자신감이 지금의 장양운에겐 있었다.

그만큼 빠른 속도로 성장을 하고 있는 것이다.

"하지만 이런 저런 걸 생각하더라도 한 번 움직이시는 것이 낫지 않겠습니까? 비응단의 실험도 중요하지만 이쯤에서 도련님의 수완을 보여주는 것도 괜찮다고 봅니다."

"수완이라… 그것도 틀린 말은 아니지."

"게다가 방금 들어온 소식입니다만, 밖에서 꽤나 재미있는 소문이 퍼지고 있는 모양입니다."

"재미있는 소문?"

장양운이 관심을 가지자 그는 상체를 기울이며 말을 했다.

"조용히 본교에 대한 소문이 퍼지고 있었는데, 그것을 혈우곡이 뒤집어썼습니다. 근래 본교가 심어 놓은 자들이 죽는 사건이 발생했는데, 그때마다 혈우가 놓여 있었다고 하더군요."

"누군가의 장난질이로군."

"저도 그리 생각합니다. 하지만 반대로 이걸 이용하는 것도 나쁘지 않지 않겠습니까?"

"혈우곡이라… 확실히 미치광이 집단이었지?"

턱을 쓰다듬는 장양운.

확실히 혈우곡을 이용하는 것은 좋은 묘수였다.

이미 중원에 널리 이름이 퍼지고 있다하니, 따로 방법을 쓰지 않아도 될 테고 약간의 조작만 가한다면 꽤 재미있는 상황을 만들 수도 있을 테다.

그 방법엔… 비응단이 최고일 테고.

아무런 흔적도 남기지 않을 테니 큰 규모의 실험을 하기에도 좋았다.

"좋아. 나쁘지 않겠어."

"탁월하신 선택이십니다. 그렇지 않아도 중원에서 모습을 드러낸 혈우를 입수하여, 장인에게 똑같이 만들게 했습니다. 그것만 완성된다면 충분히 쓸 수 있을 겁니다."

"누군지 모르겠지만 머리를 굴리려던 대가를 받게 되겠군."

장양운의 말에 그는 비릿하게 웃을 뿐 대답은 하지 않았다. 그 말처럼 비응단이 나가게 되면 무림에 큰 폭풍을 불러일으킬 테니까.

"이런 일에 본교 무인들을 쓰기는 아깝지. 아무래도?"

"중원에 널린 것이 삼류무인입니다. 힘을 얻기 위해선 무엇이든 할 놈들이 널려 있다는 것이지요. 그들을 적절히 이용한다면 좋은 방안이 될 것이라 봅니다."

"이지를 제압하고 비응단을 먹여 밖으로 내보내면 괜찮겠지?"

웃으며 말하는 장양운의 계획.

그는 힘차게 고개를 끄덕였다.

"실험으론 완벽할 것이라 봅니다."

歸還

49 章

　무림인들을 굳이 계급으로 나누라고 하면 가장 낮은 곳에 위치하는 것은 낭인이다.

　목숨과 몸을 담보로 돈을 버는 자들.

　낭인들 중엔 때로 무림에서도 알아주는 강자가 존재하기도 하지만 대다수는 삼류에 턱걸이나 하는 수준.

　그런 자들이 무림에서 굴러먹다 보니, 힘에 대한 갈망은 누구보다 큰 편이었다.

　무림에 어떤 보물이 등장했다고 하면 열일 제쳐두고 달려가는 것도 낭인들.

　천운이 닿아 손에 넣기라도 하면 힘에 대한 갈망을 단숨에 풀어 낼 수 있을 테니까.

그럴 확률이 지극이 낮다는 것을 알면서도 그들은 보물에 매달린다.

각자의 사유는 다르지만 지금의 상황을 벗어나고 싶은 것은 마찬가지기 때문이다.

힘이 지배하는 무림에서 힘이 없다는 것은 그만큼 서럽다는 뜻이니까.

그런 낭인들이기에 때론 비슷한 처지들끼리 모여 모임을 만들어 힘을 발휘하는 경우가 있다.

스스로 천중단이라 칭하는 자들 역시 그러했다.

겨우 서른에 불과한 인원이고, 하나 같이 삼류에 겨우 턱걸이 한. 낭인들 중에서도 가장 하급에 속하는 자들이지만 힘에 대한 열망만은 누구보다 높은 자들.

근래 무림에 터졌던 보물과 관련된 이야기엔 반드시 달려가는 것으로 낭인들 사이에선 제법 유명했다.

쓸데없는 짓을 한다고 비아냥거리는 것이 대부분이지만.

그런 천중단이 깊은 산, 물이 작게나마 흐르는 계곡에 모였다. 철저히 사람들의 눈을 피해서.

"그러니까 이게 힘을 주는 보물이라는 거지?"

"그래! 맞다니까!"

옹기종기 모여 있는 사람들이 보고 있는 것은 붉은 단약이었다.

천중단의 단장 이하평의 손바닥 위에 있는 물건을 보며 사람들은 눈을 빛냈지만, 그뿐이었다.

어디 속은 것이 한 두 번이어야지.

"이번에도 속은 것 아냐?"

"아냐. 이번엔 확실해. 내가 내 몸으로 확실히 확인을 하고 가져왔으니까."

"그거 확실해?"

그제야 얼굴이 환해지며 관심을 가지는 사람들.

하나 같이 눈을 빛내는 것이 당장이라도 먹을 것 같기에 이하평은 얼른 손을 뒤로 빼며 약을 주머니에 넣었다.

"내가 이걸 얼마나 얻으려고 얼마나 개고생을 했는데, 이대로 줄 순 없지."

"원하는 게 뭐야? 어차피 서로 가지고 있는 것은 빤히 아는 사이잖아. 얼른 말해봐!"

부단주의 말에 그는 고개를 끄덕이며 말했다.

"우선 미리 말해두는데 내가 가져온 약은 스무 알 뿐이야. 이걸 빼내는 것만으로도 목숨을 걸었다는 사실만 알아."

"그래, 그래. 어서 이야기나 해!"

버럭 화를 내는 사람들을 보며 이하평은 입을 다시며 본론을 꺼냈다.

"그러니까 말이야… 응? 종소리가 들리지 않아?"

"종소리? 무슨 소리야?"

갑작스런 말에 짜증을 내며 주변을 둘러보는 사람들.

어디에서도 들리지 않는 종소리.

하지만 이하평은 여전히 들린다는 듯 검지로 입을 막으며 귀를 기울이는 모습을 보이고.

그제야 뭔가 이상하다 싶어 귀를 기울이는 그 순간.

딸랑!

딸랑, 딸랑!

정신을 흔드는 종소리가 그들을 덮친다.

"완벽하군."

"감사합니다."

츠츠츠.

종소리와 함께 모습을 드러낸 사내의 칭찬에 이하평이. 아니, 그 자의 얼굴로 분장했던 사내가 고개를 숙인다.

이하평을 죽이고 그 얼굴 가죽을 뜯어 인피면구를 만들었다. 낭인들을 상대로는 과한 방법이지만 부족한 무공 대신 의외로 날카로운 눈썰미를 가진 자들이 있기에 만약을 위해 귀찮아도 만들었다.

지금 모습을 보니 별 필요 없었을 것 같지만.

"가라."

"예."

종을 든 사내의 말에 그는 주머니를 그에게 건네곤 곧 모습을 감춘다.

마치 원래 없었던 것처럼.

"너희는 지금부터 내 종이다. 나를 위해 목숨을 바친다. 알겠나?"

딸랑, 딸랑.

방울이 흔들리고.

그의 목소리가 낭인들의 혼을 뒤흔든다.

"충…성을."

"목숨을."

하나 둘 외치는 그들을 보며 사내는 비릿한 미소를 지으며 주머니에서 비응단을 꺼내 앞에서부터 차례로 나누어 준다.

인원은 서른이지만 비응단은 스무 개.

열 명이 받질 못했지만 사내는 개의치 않았다.

아니, 필요 없다고 하는 것이 맞았다.

"너희는… 쓸모가 없으니 죽어."

"충성을."

스릉, 스릉.

콰직! 콰드득!

사내의 명령이 떨어지기 무섭게 각자의 무기를 뽑더니 순식간에 심장에 틀어박는다.

털썩, 털썩!

순식간에 쓰러지는 자들.

명령 하나에 스스로 목숨을 끊어버린 것이다.

그들을 뒤로하고 사내는 다시 앞에 나섰다.

사내의 움직임에 반응해 눈이 오가는 낭인들.

"너희는 지금 있었던 일을 기억하지 못한다. 하지만 정확히 열흘 뒤 해남도로 건너간다. 그리고 열하루가 되는 자시(子時)에 비응단을 취하고 남해검문을 친다. 일을 벌이는 그 순간이 오기 전까진 결코 이 일을 기억하지 못하고 평범한 생활을 즐긴다. 알겠나?"

"알겠습니다."

"명령을 따릅니다."

딸랑, 딸랑.

다시 한 번 종소리가 울리고 사내는 만족스런 미소와 함께 모습을 감춘다.

그리고 잠시 뒤.

"어? 우리가 왜 여기에 모인거지?"

"그, 글쎄? 아무튼 시간도 없는데 어서 떠나자고."

"어디로?"

"아! 해남도로 가기로 했잖아. 거기 일거리가 제법 있다며?"

"그, 그랬나? 좋아! 어서 가자고!"

우르르 계곡을 빠져나가는 그들.

바로 뒤편에 방금 전까지 이야기를 나누던 동료들이 싸늘히 죽어 있음에도 그들은 그것을 알지 못했다.

두 눈에 보이지 않는 듯.

그렇게 그들은 해남도를 향해 떠났다.

"준비는 끝났습니다. 이제 남은 것은 기다리는 것만 하면 됩니다."

장양운의 앞에서 무릎을 꿇는 사내.

그는 방금 전 낭인들에게 최면을 걸었던 그였다.

"수고했어. 이걸로 적당히 놀다가 돌아가."

툭!

"감사합니다."

사내는 눈앞에 떨어진 주머니를 재빨리 주워들곤 조용히 물러선다.

주머니엔 며칠을 황제처럼 놀고 지낼 수 있을 만한 보석이 가득 들어 있었다.

사내가 사라지자 어느새 모습을 드러내는 그.

"살려둘 건가?"

"그럴 리가."

장양운의 대답이 떨어지기 무섭게.

"아아악!"

비명소리가 들려온다.

"노잣돈이지."

"욕심을 부리는 인간의 최후는 쓸쓸한 법이로군."

농담처럼 이야기는 그의 말에 장양운은 피식 웃으며 시선을 돌렸다.

숲을 막 빠져나가는 낭인들의 모습이 저 멀리 보인다.

❖

해남검문은 무림에서 빼놓을 수 없는 이름 중 하나다.

해남도의 지배자이자 검문(劍門)으로 이름이 높은 곳.

오직 검만을 배우고, 검만을 익히며, 검만을 사용한다. 검 이외의 것을 이용하는 자는 해남검문을 나가야 한다.

검으로 유명한 몇몇 문파가 있지만 해남검문처럼 엄한 잣대를 들이대는 곳은 거의 없었다.

그럼에도 불구하고 누구하나 불만을 가지지 않는 것은 그만큼 해남검문의 힘이 강하기 때문이고, 그들의 무공이 대단하기 때문이다.

검 이외의 것을 익힐 가치를 못 느끼는 자들이 모여든 곳이 해남검문이라 보면 될 정도다.

해남도에선 사실상 왕으로 군림할 정도로 막강한 힘을 자랑하는 곳이지만, 평소엔 외부 활동이 거의 없었다.

중원으로 나가는 것을 극도로 꺼린다는 것이 옳다.

본래 해남검문의 탄생이 해남도의 수호를 위해서였기에 외부로 나가는 것을 꺼려하는 것이다.

어쨌거나 해남도의 유일한 문파인 해남검문.

그곳이 불타오르고 있었다.

"크아아악!"

"살려…!"

푸확!

비명과 함께 솟아오르는 핏줄기.

허공으로 솟아오른 피가 후두둑 떨어져 내리며 몸을 적시지만 검을 든 사내는 움직임을 멈출 줄 몰랐다.

쉬지 않고 검을 휘두르고 또 휘두른다.

마치 끓어오르는 힘을 주체 할 수 없다는 듯 말이다.

붉어진 눈이 특징인 사내가 무려 스물.

그들의 파상공세 앞에 해남검문의 무인들이 속절없이 쓰러져 간다.

"죽여! 죽이란 말이다!"

곳곳에서 터져 나오는 비명과도 같은 명령.

압도적인 수적 우위를 바탕으로 움직여 보지만, 문제는 해결이 되질 않는다.

"괴물 같으니…!"

놈들은 상처 입는 것을 두려워하지 않았다.

그리고 잔인하게 검을 휘두른다.

어지간한 상처를 입어도 돌보지 않고, 물러서지 않는다.

마치 고통을 느끼지 못하는 듯.

푸학!

다시 한 번 피가 허공으로 치솟고.

스물에 달하는 이들에게 쩔쩔 매는 남해검문.

아무리 그래도 겨우 스물이다.

스물에 달하는 인원에게 그 배 이상의 희생을 치르고 있는 것은 남해검문의 위상과 결코 어울리지 않는 일.

하지만 이는 어쩔 수 없는 일이었다.

지금 문파에 남은 것은 하급 무사들 뿐.

고수들은 얼마 전 있었던 왜놈들의 습격에 본보기를 보이겠다며 모조리 출진한 뒤였다.

해남도의 수호자로서 당연한 일이지만 시기가 나빴다.

심지어 일찍 해결하고 돌아오겠다며 문파의 정예 모두를 끌고 나갔으니.

이제 껏 단 한 번도 본거지를 공격당하지 않았기에 벌어질 일이지만, 때는 늦었다.

겨우 스물 밖에 되지 않는 인원에 유린당하고 있으니까.

"버텨라! 본진의 정예들이 돌아오기 전…."

"아아아악!"

"크헉!"

어떻게든 시간을 끌며 정예들이 돌아오길 기다리려는 그때였다.

거의 동시 스물의 인원이 머리와 몸을 부여잡으며 비명과 함께 자리에 주저앉는다.

주륵, 주르륵.

붉은 피가 칠공(七孔)을 통해 흘러내리고.

곧.

퍽!

퍼퍽!

뭔가 터지는 소리와 함께 머리를 붙든 이들은 머리가 터져나가고, 몸을 붙든 이들은 심장이 터져나간다.

미친 듯 남해검문을 유린하던 자들이 동시에 죽은 것이다.

그 기이한 광경에 누구도 쉬이 입을 열 수 없었다.

세상 어디에서도 들어 본 적이 없는 기사였다.

다만 확실한 것 하나는.

그들을 막을 수 없었다는 것과 이 모든 일이 불과 반 시진 만에 일어났다는 것.

악몽과도 같은 일이었다.

그 모든 상황을 지켜보고 있던 장양운은 아쉽다는 듯 입을 다시며 배가 기다리고 있는 곳으로 발걸음을 옮긴다.

"반 시진이 지금으로선 한계인가? 그래도 제법 나쁘진 않았어. 낭인이 이 정도 힘을 발휘한다면 나쁘지 않지."

때가 안 좋아서 진정한 고수들을 상대로는 실험을 해보진 못했지만 이 정도로도 충분히 만족 할 수 있었다.

"다음번엔… 뭐가 좋을까?"

낭인보다 더 좋은 기본을 지니고 있을 무인이 비응단을 섭취한다면 그 위력과 시간이 얼마나 될 것인지 장양운은 크게 궁금해졌다.

어느새 그의 머릿속엔 앞으로의 계획이 빠르게 세워진다.

정확히는 한 사람을 노린다.

장양휘.

쌍둥이 동생을.

❖

해남검문의 일은 중원에 크게 알려지지 않았다.

문파의 치부이기도 했지만 기본적으로 해남도는 중원과 제법 떨어진 섬이다.

그 특수함 때문에 사람들의 주목을 못 받은 까닭도 있었다.

덕분에 퍼지는 것보다 빠르게 사라진 소문.

"놈들인가."

어렵지 않게 넘길 수도 있는 일이었지만 휘는 소문을 듣는 것과 동시 놈들을 떠올렸다.

비록 정확한 정보가 미흡하긴 했지만 이런 시기에 움직일 수 있는 것은 놈들 밖에 없다.

다만 재미있는 것은.

"혈우라…"

놈들의 품에서 혈우가 발견되었다는 것.

정도맹을 하나로 뭉치기 위해 사라진 문파를 끄집어냈었던 것일 뿐인데 그것을 역으로 놈들이 이용하고 있었다.

물론 휘에겐 상관없는 일이다.

오히려 놈들의 움직임은 무림을 하나로 뭉치는데 도움을 주는 일과 다르지 않다.

그럼에도 불안한 것은.

일월신교 놈들이기 때문이었다.

대체 무엇을 꾸밀지 모르는 놈들.

이젠 기본적인 것들을 제외하면 놈들이 어떻게 움직일 것인지 전혀 알 수 없기 때문에 더 그럴 수박에 없었다.

하지만 의외로 그 날 이후로 놈들은 조용했다.

아무런 사건도, 사고도 벌어지지 않았다.

불안한 휴식이 무려 두 달.

그리고 마침 내 사고가 터졌다.

"쌍검소소가 문주를 배신하고 문파를 멸문시켰다!"

"홍권 진혁소가 사현문과 대형 충돌을 일으켰다!"

마치 지금이 기회라도 되는 듯 시간이 머다 하고 퍼지는 소문들.

결코 그런 일을 벌일 사람이 아닌데, 일을 벌이고.

그럴 능력이 되지 않는 자가 엄청난 힘을 발휘했다.

그리고 그 끝엔 항상 죽음이 있었다.

뭐라 말을 할 수 없는 상황 속에서 공통적으로 발견 된 것은 혈우 뿐.

계속해서 발견되는 혈우에 혈우곡에 대한 소문이 부풀려 지며 퍼져나가고.

사람들이 크게 경계를 한다.

이전과 다른 반응들.

어쩌면 당연한 이야기였다.

혈우가 연신 발견되고, 많은 사람들이 죽으며 불안감을 키워가고만 있었으니까.

이젠 혈우곡이 존재하지 않는다 말하더라도 거짓으로 치부되는 사태가 벌어져 버린 것이다.

"이걸 다행이라고 생각해야 할지, 어째야 할 지 모르겠군."

"당장은 도움이 되겠지만… 나중을 생각해보면 발목을 잡을 수도 있는 일이죠."

휘의 말에 모용혜가 고개를 저으며 말한다.

그녀의 얼굴 위로 떠오른 근심걱정들.

이번 일이 가져올 파문이 얼마나 클 것인지 그녀로서도 상상할 수 없을 정도였다.

"가장 먼저 확인해야 할 것은 저들의 의도예요. 솔직히 말해서 저희가 멍석을 깔아준 것이나 마찬가지가 되어버리긴 했는데… 그렇다 하더라도 저들이 원하는 것이 있을 거예요. 지금까지의 사태를 돌이켜 본다면 뭔가 실험을 하고 있는 것이 분명해 보여요. 그렇지 않고선 날뛰던 자들이 하나 같이 죽임을 당할 리 없어요."

"그렇지. 확실한 이름은 모르겠지만… 붉은 환약에 대한 것이겠지."

"알고 계신 것이 있나요?"

"일월신교에 내려오는 비약들 중에 일월단이라는 것이 있는데, 그것과 흡사한 효능을 발휘하는 것 같아. 선천진기를 폭발시켜서 강한 힘을 얻고, 선천진기가 떨어지면 죽는 것까지. 물론 자세한 것은 알아봐야 하겠지만…."

"확실하진 않지만 어느 정도 가닥은 잡히네요."

"그렇겠지. 문제는 놈들이 일월단 비슷한 것을 만들어서 실험을 하고 있는데, 우린 막을 방법이 없다는 거지."

"도저히 생각지도 못한 곳에서 튀어나오고 있으니까요. 그래서 오히려 일월신교가 나타났다는 소식엔 무덤덤하던 중소 문파들이 혈우곡에 민감하게 반응하는 것일 지도 몰라요."

여러 복합요인이 있긴 하겠지만 모용혜의 말은 사실이었다. 이전보다 훨씬 더 격렬하게 반응하며 정도맹에 대책을 요구하고 있으니까.

그런다고 해서 쉽게 해결을 할 수 있을 것 같진 않지만.

애초에 혈우곡에 대해 확실히 알고 있는 것은 극소수의 인물에 불과하니 말이다.

없는 문파를 진짜로 만들어 낼 순 없는 일이지 않은가.

'스스로 발등을 찍은 꼴이긴 한데, 이대로 끝나지 않겠지. 배후에 있는 것은… 장양운. 놈이겠지.'

휘는 이미 이번 일의 배후에 누가 있는 것인지 눈치 챘다.

그럼에도 입 밖으로 이야기 하진 않았다.

만약 놈이 나타난다면….

'이번엔 도망치지 못한다.'

섬뜩한 살기가 휘의 눈에 머물렀다 사라진다.

❖

　천영검문.

　한때 천하를 호령하며 구파일방과 어깨를 나란히 할 정도로 커졌었지만 한 순간의 실수로 몰락해버린 문파.

　문주의 치기가 문파를 몰락하게 만든다는 교훈을 남기며 무림에서 웃음거리가 되었었다.

　그 많은 제자들은 뿔뿔이 흩어지고 문파의 힘에 기대려던 자들은 등을 돌렸다.

　몰락해버린 문파를 재건하는 것은 결코 쉽지 않은 일.

　여기에 문파 고유의 독문무공까지 소실되었다면 사실상 불가능한 일이라 봐야했다.

　하지만 천영검문의 문주들은 대대로 포기를 하지 않았다.

　과거의 영광을 다시 누리기 위해 무수히 노력을 한 것이다.

　적어도 전대까지는 말이다.

　드르렁! 컥, 컥!

　드르렁!

　집이 떠내려 갈 새라 울어대는 코골이.

　마을에서 꽤 떨어진 산속에 자리 잡은 집은 당장이라도 무너질 듯 위태한 모습을 하고 있었지만, 안에서 자고 있는 사람은 개의치 않는다.

그렇게 연신 소리를 드높이다, 조용하다 싶더니.

크아아아!

다시 숨을 내쉬며 코를 곤다.

중중의 코골이에 통 나무 집에 다가서던 사내가 한숨을 내쉬었다.

"하…! 언제 들어도 지긋지긋한 소리야. 형! 일어나! 일어나보라고!"

쿵쿵쿵!

문을 두드리며 목청을 높여보지만 안에서 들리는 소리엔 변함이 없었고, 사내는 어쩔 수 없다는 듯 능숙하게 문을 열고 들어간다.

그러면서 문 옆에 놓인 바가지에 물을 가득 담아 침실로 향한다.

나무로 대충 만들어 놓은 침상 위에서 시끄럽게 코를 골며 잠들어 있는 사내.

곰처럼 큰 덩치에 보통 사람보다 족히 머리 두 개는 커 보이는 체구를 가진 형을 보며 민규하는 고개를 저으며 서슴없이 바가지의 물을 형의 얼굴이 뿌린다.

촤악!

"우악! 어푸, 어푸!"

호들갑스럽게 자리를 박차고 일어난 그는 멍하니 주변을 둘러보다 뒤늦게 민규하를 발견하곤 어설픈 웃음과 함께 손을 흔든다.

"어, 규하왔냐?"

"왔냐라니! 내가 오늘 온다고 준비 좀 하고 있으라고 했잖아! 이제 무공 수련도 때려 치고 먹고 살 길을 모색해 본다며!"

"그, 그랬지."

머리를 벅벅 긁는 사내.

민규하의 세 살 위 형이자 천영검문의 당대 문주인 민규영의 시선이 돌아간다.

"형!"

"그게, 그러니까 말이다. 내가 또 일을 하려고 하니까 사람들하고 부대 낀지 오래라 그런지 부끄러워서…."

"그냥 굶어죽어라! 굶어죽어!"

동생의 분노 섞인 말투에 민규영은 아무런 말을 하지 못했다.

실제로 가문을 이끌어 온 것은 형인 자신이 아닌, 동생인 규하였다.

자신은 가문의 유지를 이어 어릴 적부터 미친 듯 무공에만 몰두했다. 이젠 모든 것을 포기해버렸지만 말이다.

그런 형이 안타까운 것은 사실이지만 이대로면 못쓸 인간이 되어버린다는 것을 알기에 규하는 형인 규영을 들들 볶았다.

실제로 그의 말처럼 사람과의 접점이 거의 없었던 탓에, 사람 앞에선 말도 제대로 못하는 그다.

그러다 보니 일이 제대로 될 리가 있다.

성격에 맞추어 최대한 사람과 부딪치지 않는 일을 가져왔지만, 그것도 번번이 실패다.

동생인 규하가 봤을 때 형인 규영은 영락없는 무인이었다.

만약 가문에 제대로 된 무공이 남아 있었다면….

'세상을 호령했을 지도 모르지만, 지금 그게 무슨 상관이야. 어차피 될 수 있는 것도 아니고.'

참 현실적인 동생을 둔 탓에 규영은 규하의 손에 이끌려 마을로 내려가 일을 하기 시작했다.

이렇게 하루 빡세게 일을 하고 손에 넣을 수 있는 돈은 결코 많지 않지만, 가족이라곤 둘 뿐이기에 충분히 아끼면 저축도 가능했다.

그렇게 규영이 세상에 익숙해져 갈 때쯤.

사고가 터졌다.

"규하야! 규하야아아!"

동생인 규하가 싸늘한 시신이 되어 돌아온 것이다.

멀쩡히 일을 나섰던 그가 죽은 이유는 단 하나.

작은 문파끼리의 항쟁에 휩쓸리며 눈먼 칼에 맞은 것이다. 항의를 해보았지만 통하겠는가.

죽은 동생은 돌아오지 않고, 콧대 높은 무림문파들은 사과할 줄 모른다.

"개새끼들아아아!"

결국 분노가 폭발한 규영이 달려들었지만.

실컷 얻어터지고 버림받아야 했다.

동생의 복수를 해 줄 수 없을 정도로… 천영검문의 무공은 엉망이었다.

"크아아아!"

쾅쾅!

피눈물을 쏟으며 동생의 복수하나 하지 못하는 자신을 탓하고 있을 그때.

그의 앞에 누군가가 손을 내밀었다.

손바닥 위의 붉은 환약과 함께.

"복수를 하고 싶다면 먹어라. 네게 강력한 힘을 줄 것이니."

으드득!

누가, 무슨 목적으로 이런 제의를 하는 것인지 알 수 없지만 상관 없었다.

정말 그의 말대로 복수만 할 수 있다면.

으적으적!

입에 넣은 단환을 재빨리 씹어 버리자 물처럼 녹아 꿀떡 넘어간다.

그리고.

쿠르르…!

몸 깊은 곳에서부터 끊임없이 솟아오르는 힘을 느낄 수 있었다. 당장 놈들의 목을 부러트릴 만한 힘이 말이다.

"가라. 네가 원하는 만큼 복수해라."

"크아아아!"

괴성을 내지르며 규영이 문파의 정문을 향해 달려가고.

그 모습을 뒤에서 지켜보던 장양운은 빙긋 웃었다.

"천양신맥의 주인이라. 타고난 능력도 제대로 못 다루는 멍청한 놈이지만, 비응단의 효과는 얼마나 갈까? 재미있겠군. 재미있겠어."

민규영이란 존재를 알아낸 것은 제법 오래 전의 이야기다.

우연히 천양신맥을 타고난 것임을 알아본 것이다.

하지만 딱히 쓸데가 없어 내버려뒀는데, 이번에 비응단을 실험해 보려고 했다.

다양하게 실험을 거쳤고, 남은 것은 선천진기를 남들보다 월등히 많은 양을 타고난 자에게 해보는 것만이 남았다.

그 목표로 때마침 동생을 잃은 민규영이 선택된 것이다.

과연 비응단의 힘은 대단했다.

방금 전까지만 해도 먹히지 않던 공격을 마음껏 퍼부으며 민규영은 그야 말로 날뛰고 있었다.

순식간에 문파를 박살내버리곤, 그들과 싸웠던 문파를 향해 내달린다.

결국 두 문파가 쓸데없는 싸움만 하지 않았더라면 동생은 죽지 않았을 테니, 책임은 두 문파 모두가 져야 했다.

그는 무려 한 시진을 넘게 버텨냈다.

"기록이로군. 역시 선천진기가 많으면 많을수록 오래 버티고 강한 힘을 자랑하는 군."

마침내 심장이 터져 죽은 놈을 보며 장양운은 웃었다.

이제 충분한 자료가 쌓였으니 장난은 끝이었다.

"암문이라고? 한곳에 자리를 잡은 것이 얼마나 큰 실수였는지 가르쳐 주마, 동생아."

장양운의 눈에 살기가 가득 들어찬다.

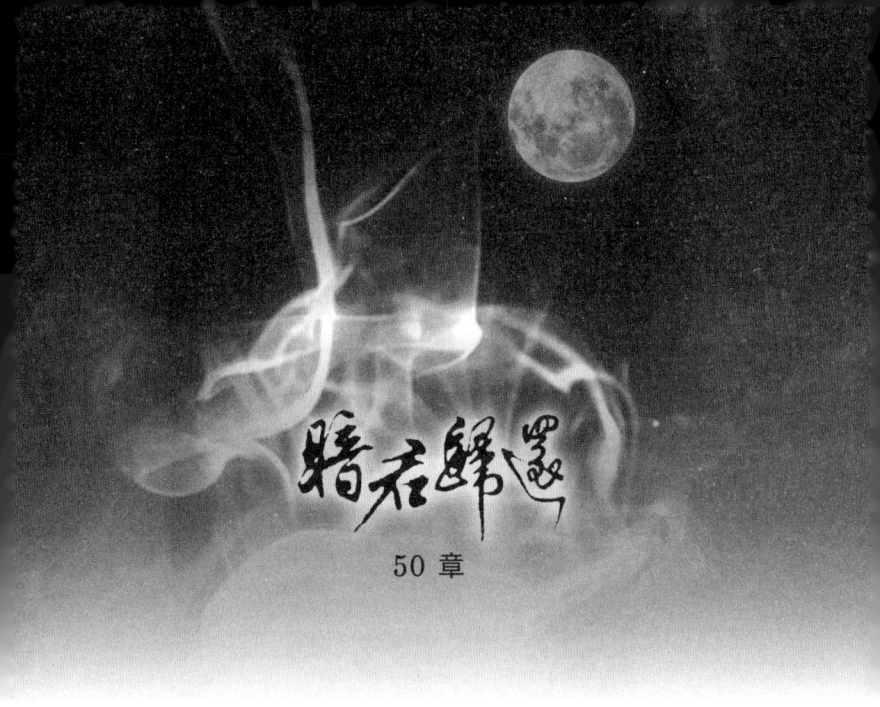

50 章

　장양운이 중원에서 동원할 수 있는 인력은 그리 많지 않다. 대계가 중단되며 꽤 많은 인원이 철수를 했던 데다, 애초 독단적으로 움직일 수 있는 인원은 지각의 무인들로 한정되어 있기 때문이다.

　현재 중원에 남은 지각의 무인들은 그리 실력이 썩 뛰어난 편은 아니다.

　중원 무림들과 비교하면 분명 수준이 높지만 장양운이 원하는 수준의 무인은 절대 아니었다.

　'휘 그놈을 죽이기 위해선 확실한 패가 있어야 한다.'

　이미 놈과 한번 겨뤄봤던 뒤기에 장양운은 냉정하게 휘의 실력을 파악했다.

자존심이 상하지만 분명 그땐 놈에게 패했던 것이 사실.

그때의 일을 바탕으로 삼고, 이후에 있었던 본교와의 일등을 파악함으로서 대강 놈의 힘을 유추했다.

적을 대충 파악하는 것은 대단히 위험한 일이다.

전략을 짜는데 있어 가장 기본이 되는 것은 적을 파악하는 것일 정도니까.

하지만 장양운은 개의치 않았다.

자신이 대충 파악한 것의 십 수배에 이르는 전력을 구성하면 될 일이니까.

아예 물량전을 구상하고 있는 것이다.

문제는 그러기 위해선 역시 사람이 필요하다는 것이다. 한 번 쓰고 버릴 존재라곤 하지만 확실한 전력을 위해선 어느 정도 실력을 갖춘 자여야만 한다.

고민 끝에 장양운이 택한 것은 실력 있고, 돈 욕심이 많은 작은 문파를 찾는 것이었다.

돈이면 무엇이든 하는 놈들 말이다.

그런 놈들이라면 충분히 자신 뜻에 부합될 것이다.

전생문(錢生門).

이름부터 돈에 목숨을 거는 표시가 확 나는 이들은 겨우 수십의 인원으로 이루어진 작은 문파였다.

허나 소흥 일대에서 놈들을 모르는 자가 없었다.

사파에 가까운 짓을 벌이지만 정작 사파도, 정파도 아니다.

놈들은 낭인에서 떨어져 나와 문파를 차린 놈들.

돈만 준다면 그것이 무엇이든 하고 보는 놈들이었다.

누구는 돈 귀신이라 부르고, 누구는 수전노라 부른다.

욕설에 가까운 것도 있지만, 중요한 것은 놈들에겐 실력이 있다는 것이었다.

돈만 주면 뭐든지 한다는 것은 반대로 그만큼의 힘을 가지고 있다는 것이니까.

이곳 소흥에서 놈들을 건드릴 수 있는 문파는 많지 않았다.

전생문주 전귀(錢鬼) 사마율.

돈에 미친 자로 불리는 그는 큰 키와 호리호리한 몸매에 어울리지 않는 거대한 둔기를 사용하는 자로, 보이는 것과 달리 타고난 힘이 좋은 자였다.

어지간한 일은 힘으로 해결을 해버릴 정도로 말이다.

"그러니까 이걸 먹으면 순간적으로 힘이 좋아진단 말이지?"

"보수는 금 백 냥."

"흐응….."

무려 금 백 냥이란 이야기를 듣고서도 그는 흥미를 보이지 않는다.

오히려 장양운에게 물었다.

"너 같으면 그 돈 받고 정체도 알 수 없는 걸 먹고 적지를 향해 뛰어들겠어? 아무리 돈에 미쳐도 할 수 있는 게 있고, 없는 게 있는 법이지."

"천 냥."

"흥! 개똥밭에서 굴러도 이승이 나은 법이지. 죽어서 돈을 가져봐야 뭐하나? 어디하나 쓸데도 없는데."

"일만 냥."

"…뭐?"

말도 없이 점차 올라만 가는 가격에 전귀가 움찔하며 다시 묻는다.

그 모습에 속으로 놈을 비웃으며 장양운이 말했다.

"십만 냥."

"…어딜 뭘 어떻게 하면 된다고? 사업 이야기를 진즉 했었어야지."

금 십만 냥.

그 어마어마한 금액에 전귀의 태도가 바로 달라진다.

그만큼 십만 냥이란 금액은 어마어마한 것이었다. 평생 물 쓰듯 쓰고 살아도 가능할 정도로.

그동안 미친 듯이 모아온 돈도 금 십만 냥에 미치지 못함이니 그의 눈이 돌아가는 것은 어쩌면 당연한 이야기였다.

"내가 요구하는 것은 모두 둘. 첫째는 암문을 공격할 것. 둘째는 이걸 먹고서 공격할 것."

"자살하라는 소리와 크게 다르지 않은데? 형씨도 알겠지만 암문은 현 무림에서 가장 뜨거운 문파라고. 어지간한 자들도 그곳의 담벼락을 못 넘어서 안달인데 우리 같은 놈들이

하라고? 아무리 돈이 좋아도 불가능한 것은 불가능한 일이지."

"그래서 주는 거다. 이걸."

"흠. 정말 이걸 먹으면 수배의 힘을 발휘하는 건가?"

"보장하지. 단 일회성이고 지속시간은 한 시진이니 유의해야 한다. 나도 무조건 너희에게 죽으라고 하는 건 아니다. 딱 한 시진이다. 한 시진만 버티면… 뒤는 내가 책임지지."

장양운의 말에 전귀의 눈이 데굴데굴 굴러간다.

무려 금 십만 냥이다.

어려운 일이지만 이대로 포기하기엔 그 돈이 너무나 아까웠다.

거기다 겨우 한 시진이다.

한 시진 정도라면 어떻게든 버틸 수 있지 않을까 하는 것이 그의 생각이었다.

'멍청한 놈들. 돈에 눈이 멀면 자신과 상대의 실력 고하가 눈에 들어오지 않는 법이지.'

사실 고민거리도 되지 않는 문제였다.

아무리 돈이 좋다지만 목숨보다 귀할 리는 없으니까.

하지만 눈앞의 놈들은 목숨보다 높이 치는 것이 돈이다. 돈이면 목숨 따윈 아무렇지 않게 생각하는 놈들이었다.

"확…실히 뒤는 걱정하지 않아도 되는 거겠지?"

"물론."

장양운의 확실한 대답에 전귀의 눈이 주머니로 향했다가 그에게 향한다.

"선불."

"얼마든지."

놈들이 미끼를 물었다.

당장 십만 냥이란 거금이 나가지만 장양운은 개의치 않았다. 어차피… 쓰지도 못하고 다시 회수될 돈이니까.

"약은 모두 마흔 개. 필요한 인원은 알아서 뽑도록."

"그 정도야 얼마든지. 그래서 실행 날은?"

"준비만 된다면 언제든지."

그 말에 전귀는 웃으며 일어섰다.

"바로 준비하지."

"놈을 죽일 수 있을 거라 봅니까?"

"하늘에 맡겨야지. 놈의 목숨 줄이 질겨서 살아남는다면 그것 또한 받아들여야지."

그의 물음에 장양운은 웃으며 답했다.

장양휘에게 그렇게 당하고 돌아와 분노하던 그의 모습은 없었다.

당연한 일이다.

곁에 선 그의 도움으로 장양운은 이전과 비교 할 수 없을 정도로 강해졌고, 지금도 강해지고 있는 중이다.

곧 자신의 발치에서 죽어갈 놈에게 신경을 쓰고 있을

필요는 없었다. 당장 신경 써야 하는 것도 많으니 말이다.

하지만 장양운은 몰랐다.

그렇게 말을 하고 생각을 하면서도 장양휘에게 집착하고 있다는 것을 말이다.

그는 그것을 눈치 챘지만 결코 입 밖으로 말하지 않았다.

"이번 일이 실패로 돌아가더라도 도련님께서 받는 피해는 전무하겠군요."

"그러기 위해서 돌아다녔으니까. 성공하면 좋은 것이고, 실패하더라도 비응단의 실험이라 말하면 될 일이지."

웃으며 발걸음을 옮기는 장양운.

이미 준비는 끝났다.

남은 것은 싸움 결과를 지켜보는 것 뿐.

중원에서 후퇴한 이후 천룡사의 모습은 결코 좋지 않았다.

참배객들의 방문을 일절 받지 않은 채 매일매일 고위층의 회의가 이어졌을 뿐만 아니라, 강도 높은 수련이 이어진다.

천룡사의 주지이자 밀교주인 전륜천왕이 죽고, 그를 따르던 자들도 무수히 죽었지만 아직도 천룡사에 남은 고수의 숫자는 결코 적지 않았다.

그렇게 몇 달에 걸친 회의가 마침내 끝나고.

둥-! 둥-! 둥-!

천룡사의 거대한 대전 앞으로 모든 무인이 집결했다.

저벅저벅.

낮은 발걸음 소리와 함께 전륜천왕의 제자였던 밀검이 모습을 드러내고.

그는 당연하다는 듯 최상단에 자리한 의자에 앉았다.

순간.

"와아아아-!"

천지를 뒤흔드는 함성이 쏟아져 나온다.

새로운 천룡사의 주지이자 밀교주가 탄생한 것이다.

오랜 장로회의 끝에 새로운 시대를 이끌어갈 주인공이 탄생했다.

함성이 그치자 자리에서 일어난 그가 말했다.

"우리는 니르바나를 되찾을 것이다!"

"와아아아!"

"니르바나!"

"니르바나!"

거대한 함성을 내지르는 무인들.

그 모습이 광신도와 다를 바가 없지만, 지켜보는 이들에겐 익숙한 모습 일뿐.

천룡사 대전 회의실.

태사의를 중심으로 좌우로 나뉘어 앉은 사람들의 얼굴엔

긴장감이 맴돌고.

곧 밀검이 들어와 자리에 착석한다.

천룡사의 회의는 이런 저런 의견을 주고받지만, 밀교의 회의는 간단하다.

니르바나의 의지 혹은 밀교주의 의지 하나면 끝이다.

"연옥(煉獄)을 연다."

움찔.

하지만 이번엔 달랐다.

그의 말이 떨어지기 무섭게 여기저기서 움찔하는 기색이 역력하다.

연옥은 밀교 최대의 심처에 자리한 곳으로 각종 죄를 지른 자들을 가두는 일종의 감옥이다.

문제는 그 대부분이 제어 할 수 없는 괴물들이란 사실이다.

"의견이 있으면 말하도록."

장로들의 분위기를 살핀 밀교주의 허락이 있고서아 장로들은 작은 한숨과 함께 이야기를 꺼낼 수 있었다.

"연옥이 마지막으로 열린 것이 벌써 오십 년 전의 일입니다. 연옥의 죄인들이 몇이나 살아 있을런지도 알 수 없습니다만, 굳이 그곳을 개방하지 않아도 되지 않겠습니까?"

장로 중 한 사람의 말에 많은 이들이 동의하며 고개를 끄덕인다.

하지만 밀검은 달랐다.

"아직 정신을 못 차렸군. 왜 우리가 니르바나를 잃었는지 아는가? 약하기 때문이다. 니르바나를 되찾기 위해서라도 우린 강해져야 한다. 거기에 중원의 그 괴물들과 맞서기 위해선 우리도 괴물을 풀어야 하겠지."

"……."

그제야 입을 다무는 장로들.

이 자리에 있는 자들 중 당시 중원으로 향하지 않았던 자들이 드물었고, 그곳에서 무슨 일이 있었는지도 잘 알았다.

밀교는 강하다.

하지만 현 중원 무림은 그보다 강했다.

그렇기에 밀교의 상징이라 할 수 있는 니르바나를 빼앗긴 것이다.

다시 되찾아 오기 위해서라도 밀교는 지금보다 더 강해져야 했다. 수단 방법을 가리지 않고.

"납득이 되었나?"

그의 물음에 누구 하나 답하지 않는다.

침묵은 즉 긍정이라 밀검은 자리에서 일어섰다.

"연옥으로 가지."

그 한마디와 함께 연옥으로 갈 자격이 주어진 장로들 몇이 그의 뒤를 따른다.

자격이 없는 자는 설령 장로라 하더라도 연옥에 갈 수 없다. 그만큼 철저하게 관리되고 있는 곳이 연옥이었다.

천룡사 지하 깊은 곳으로 끊임없이 걸어 내려가, 크게

뚫린 평지의 동굴을 한 참을 걷는다.

미세하게 기울어진 길은 빙글빙글 돌면서 점차 지하로 향하게 만든다.

화르륵.

벽면 곳곳에 걸쳐져 있는 횃불.

흔들리는 횃불을 따라 한참을 걷고 나서야 거대한 철문을 만날 수 있었다.

한 눈에 봐도 보통의 재질이 아닌 철문의 앞에는 여러 명의 무인들이 그곳을 지키고 있었다.

"열어라."

"예!"

밀검의 명령에 재빨리 문을 여는 무인들.

끼이익!

날카로운 소리와 달리 부드럽게 열리는 문.

그곳을 지나 다시 밑으로 내려가자 마침내 끝이 보인다.

연옥의 모습은 처참했다.

곳곳에 틀어 박혀 있는 커다란 기둥마다 매달린 백골들.

살까지 완전히 썩어 없어져 버려 백골만 남은 시신들을 뒤로 하고 밀검과 장로들은 점차 안으로 향한다.

밖에 있는 시신들도 중한 범인들이지만 진짜는 이 안에 있었다.

"킬킬킬! 이게 얼마만의 손님이냐?"

"내가 그걸 어떻게 아냐?"

"난 몰라도 네놈은 알아야지!"

"내가 왜!"

"내가 형이고, 네놈은 동생이니까!"

"응? 그래? 그런 거야?"

"당연하지!"

"내가 잘못했네."

"그래, 잘못했네."

마치 만담처럼 이어지는 두 사람의 목소리.

목소리를 따라 움직이자 마침내 드러나는 두 개의 커다란 기둥과 그곳에 매달린 두 사람이 있었다.

묵빛의 쇠사슬이 온 몸을 꽁꽁 묶었을 뿐만 아니라, 몇 가닥은 단전을 파고들고 있었다.

내공을 끌어올리는 것만으로 치명적인 상처를 입힐 수 있는 조치다.

"살아남은 것은 두 사람 뿐인가?"

밀검의 물음에 두 사람의 시선이 그를 향한다.

"호? 하는 행색을 봐선 네놈이 당대 밀교주인 모양이로구나! 캬하하하! 이거 오랜만에 온 손님이 거물이었구만!"

"손님 받아라, 개새끼들아!"

웃음을 터트리는 백발의 노인과 달리 흑발의 노인은 안쪽을 향해 소리를 질렀다.

그 모습에 더 살아남은 자가 있나 싶어 시선을 주는 밀검.

"캬하하하! 속았지? 야 이 미친놈아! 먹을 것도 제대로 주지 않는 이곳에서 수십 년을 틀어 박혀 있는데 살아있는 놈이 있을 턱이 있나!"

"우리 같이 젊은 놈들이나 버티지 늙은 놈들은 모조리 죽지. 죽어! 캬하하하!"

"캬하하하!"

같은 웃음소리로 웃는 둘.

어딘지 모르게 머리가 어지러울 정도다.

"그만."

밀검의 말이 떨어지기 무섭게 두 사람의 웃음이 멈추고 진지한 얼굴로 그를 바라본다.

"어린놈아 이곳은 무슨 일이냐? 이제 와서 풀어 줄 것 같지도 않고."

"풀어 준다고 해도 안 나가지. 이젠 이곳이 편하거든."

"그렇지? 어차피 살날도 얼마 안 남았는데 기왕이면 익숙한 자리가 낫지. 암! 그렇고말고."

다시 시작되려는 만담을 재빨리 끊으며 밀검은 소리쳤다.

"밖으로 나가고 싶지 않습니까?"

"응?"

"저게 뭐라는 거야?"

"젊은 놈이 미친 건 아닐까?"

"그래도 당대 밀교주잖아. 아무리 막나가도 미친놈을

교주로 뽑았겠어?"

"그런 또 그렇지?"

다시 이어지는 두 사람의 말에 밀검은 손으로 머리를 짚었다.

그제야 떠오른다.

연옥에 마지막으로 갇혔음에도 불구하고 연옥 최악의 죄인으로 낙인 찍혔던 두 사람이.

"당신들이 광혈쌍마였군."

"캬하하하! 아직도 우리 이름을 기억하는 놈이 있었구나!"

"것 봐! 내가 기억하는 놈들이 있을 거라고 했지?!"

"닥쳐! 어디서 형한테 기어오르는 거냐!"

"어? 근데 형은 나 아냐?"

"그, 그런가?"

고민하는 두 사람을 보며 밀검은 재빨리 말을 중단시켰다. 도무지 이야기가 진전되지 않는다.

천룡사 아니 밀교 역사상 최악의 괴짜이자 문제아인 두 사람은 보통 사람과 대화가 거의 통하지 않는 존재들이었다.

심지어 임무 중에도 자신들의 흥미를 끄는 것이 있다면 임무를 내팽겨 치고 사고를 치기도 했었다.

그럼에도 불구하고 밀교는 그들을 놓지 못했다.

이유는 하나.

밀교 역사상 최강을 재능을 보유한 것이 둘이었기 때문이다.

결국 머뭇거리는 사이 수백에 이르는 사람을 학살하고 연옥에 잡혀 들어왔지만.

실제론 잡은 것도 아니다.

그들의 발로 연옥이 궁금하다며 잡혀 들어온 것이지.

만약 당시 이들이 반항했다면 밀교의 힘은 크게 꺾였을 것이다.

"지금 우리는 유례없는 위기에 처했다. 당신들을 만나기 위해 이곳까지 온 것만 해도 알 수 있겠지?"

"그래서, 뭐 어쩌라고?"

"미친놈!"

"킬킬킬!"

웃는 둘을 두고 밀검은 자신의 이야기만 계속 이었다.

저들에게 휘말려선 안 된다 생각했기 때문이다.

"니르바나를 잃었다. 중원 놈들에게."

"뭐?"

"제대로 미친놈이네."

웃고 떠들던 얼굴은 사라지고 광혈쌍마 두 사람의 날카로운 시선이 밀검을 파고든다.

비록 이곳에 갇혔다곤 하지만 그들 역시 밀교의 무인들.

밀교에서 니르바나의 위치가 어떠한 것인지 누구보다 잘 알고 있는 자들이었다.

"니르바나의 생사는?"

"아직은."

묵묵히 고개를 끄덕이는 밀검.

하지만 그 속은 크게 긴장하고 있었다.

분명 내공을 쓰지 못하는 것을 알고 있는데도, 두 사람의 눈빛은 당장이라도 자신을 죽일 것 같지 않은가.

그 강렬함에 왜 이들이 연옥 최악의 죄인으로 불리었는지 알 수 있을 것 같았다.

저지른 죄가 악독해서가 아니었다.

너무나도 위험하기 때문이었다.

다룰 수 없는 폭탄과도 같이.

"이거 눈 감을 시기를 미뤄야 하겠군."

"끌끌, 이제 좀 편하게 쉬나 했더니."

으직, 으지직!

두 사람의 말이 끝나기 무섭게.

기묘한 소리와 함께 둘을 묶고 있던 기둥에 금이 가기 시작했다.

갑작스런 사태에 깜짝 놀란 장로들이 재빨리 밀검의 앞을 막지만, 밀검은 그들을 뒤로 물렸다.

사고를 치려했다면 벌써 일을 저질렀을 것이다.

눈앞에서 벌어지는 상황으로 봐선 스스로 빠져 나올 수도 있었을 테니까.

쩌저적!

꽈앙-! 쾅!

굉음과 함께 마침내 두 사람을 구속하고 있던 기둥이 박살나며 사방에 비산 한다.

촤르륵!

쇠사슬이 떨어져 내리고, 두 사람이 바닥에 내려선다.

그리고.

촤악!

촤악!

몸을 파고들었던 쇠사슬들을 단숨에 제거하기 시작했다.

피가 튀었지만 그것도 잠시.

금세 몸의 구속을 해제한 둘은 말없이 몸을 움직이며 굳은 몸을 풀어낸다.

그 모습을 지켜보던 밀검이 조심스레 입을 열었다.

"제안을 받아들이는 걸로 생각해도 되겠나?"

밀교주는 누구에게도 말을 놓지 않는다.

거만하다면 거만하지만 그것이 밀교주의 자리가 주는 힘이기도 하다.

광혈쌍마는 말없이 그를 보다 서로를 보며 웃었다.

"니르바나를 되찾을 때까진 도와주지."

"하지만 일이 끝나면 우린 다시 여기로 돌아올 거야."

"죽을 때가 됐거든."

"난 좀 더 살 건데?"

다시 시작되는 둘의 이야기를 끊으며 입을 여는 밀검.

"그럼 부탁하지. 있는 동안은 불편함이 없도록 필요한 모든 것을 지원하지."

"지원?"

백발의 형이 고개를 갸웃거리며 흑발의 동생을 본다.

"필요하냐?"

"돈이나 좀 있으면 좋지. 기왕 나가는 데 맛있는 건 먹어 야지."

"그건 그러네. 내놔. 돈."

"많이."

당당히 손을 내미는 둘을 보며 밀검은 고개를 끄덕였다.

"필요한 만큼 주지."

"충분히 내놔. 그리고 우린 니르바나를 되찾으러 바로 움직인다."

"괜히 시간을 끌 필요는 없어. 요즘 중원 놈들이 어떤지는 모르겠지만 우리 둘이라면 문제없을 테니까."

과할 정도로 자신감을 내보이는 둘을 보며 밀검은 고개를 끄덕였다.

찰나의 순간이지만 둘의 눈에 비치는 광기를 본 것이다.

거기서 느껴지는 힘까지.

결코 중원의 괴물들에게 뒤지지 않는 느낌이다.

"마음은 알겠지만 우리도 준비는 해야지. 니르바나를 다시 모셔오는 일인데 대충 할 순 없는 일이니."

"그건 또 그러네?"

"그렇지? 그래도 돈은 내놔."

"맞아. 내놔."

투정을 부리는 것 같은 둘을 보며 밀검은 웃었다.

상황이 어찌되었건… 지금 손에 넣을 수 있는 최강의 패를 손에 넣은 것이다.

'니르바나의 탈환과 복수. 한번에 이룰 수 있겠군.'

그의 머릿속이 빠르게 회전한다.

51章

暗香歸還

51 章

[암문 때문에 밥줄이 끊기게 생겼으니 암문에서 책임져
라! 손해를 배상하지 않으면 뒷일은 책임지지 않는다!]

"또?"

암문 앞으로 날아든 서찰 중 하나를 보며 얼굴을 찌푸리
는 모용혜.

벌써 몇 차례씩이나 날아들고 있는 서찰.

보낸 이도 확실하지 않을 뿐더러, 암문은 외부 활동을 거
의 하지 않는 문파.

자신들 때문에 피해를 봤다는 것 차체가 있을 수 있는 일
이 아니었다.

그럼에도 불구하고 이런 어거지와 같은 서찰이 날아든다는 것은 암문의 일원으로서 상당히 기분 나쁜 일이었다.

익숙하게 쓰레기통에 서찰을 내던지고 나머지를 살피는 그녀.

하지만 이때의 모용혜는 몰랐다.

대수롭지 않게 생각하고 버린 서찰 때문에 어떤 싸움이 벌어지게 될 지 말이다.

"보냈냐?"

"예. 지금쯤이면 들어갔을 겁니다."

전귀의 말에 수하 중 하나가 고개를 숙인다.

마음에 쏙 드는 대답에 전귀가 히쭉 웃는다.

그의 뒤를 따르는 수하가 오십에 아는 놈들까지 전부 끌어들인 덕분에 근 삼백에 가까운 숫자로 늘어나 있었다.

대부분 돈으로 끌어들인 것이지만 아무래도 상관없었다.

이번 일이 끝나고 나면 무려 금 십만 냥이 떨어지게 되니까.

"근데 정말 이번 일에 금 일만 냥이나 주는 겁니까?"

"당연하지. 다른 곳도 아니고 요즘 뜨거운 암문 아니냐! 으름장을 딱 놓았더니 가격을 팍팍 올려 주더군!"

"오오오!"

전귀의 허풍에 소란을 떨며 좋아하는 수하들.

그들의 눈엔 금 일만 냥만 하더라도 어마어마한 수준일

것이다. 십만 냥을 받기로 해놓고 무려 구만 냥이나 빼돌리는 전귀.

하지만 어쩔 것인가.

협상의 결과에 대해서 누구도 모르는데.

"근데 정말 괜찮겠습니까? 아무리 한 시신만 버티면 된다곤 하지만 만만치 않은 놈들인데요. 아니, 솔직히 말해서 우리가 낭인들 중에서 제법 실력이 있다곤 하지만 저쪽은 격이 다른 놈들이지 않습니까?"

현실을 깨달은 수하 중 하나의 말에 모두가 그제야 정신을 차리고 그를 본다.

'왜 이런 질문이 안 나오나 싶었다.'

자신도 했었던 생각이니 이 많은 사람들 중 하나가 의문을 표한다고 해서 이상할 것이 없다.

태연하게 품에서 붉은 단약이 든 주머니를 꺼내 흔드는 그.

"의뢰인이 주더군. 몸의 힘을 수배는 늘릴 수 있는 영약이라고 한다. 이거라면 치고 빠지기 정도는 쉽게 할 수 있겠지."

"여, 영약?!"

"오오오오!"

영약이라는 소리에 눈을 반짝이는 이들.

돈을 쫓는다곤 하지만 결국 실력이 중요한데 영약은 그런 실력을 확 늘려 줄 수도 있는 물건.

시선이 가지 않을 수 없다.

모두의 시선이 자신의 손에 쏠리는 것을 확인한 전귀는 주머니를 품에 넣으며 말했다.

"근데 마흔 개 뿐이다."

"문주님의 오른팔은 예전부터 저였지요."

"왼팔은 접니다!"

"오른발은 저였습니다!"

빠르게 앞으로 나서는 놈들.

순식간에 시장 통처럼 시끄러워진다.

"자자, 조용!"

뚝!

전귀의 말이 떨어지기 무섭게 조용해지는 장내.

전생문의 사람들뿐만 아니라 모두가 그를 바라본다.

"서른 개는 우리 애들 준다. 그리고 남은 열 개는… 그래도 도와준다고 달려온 우리 친우들에게 나눠야지! 이번 일만 잘 처리되면 의뢰인에게 어떻게든 또 구해보마."

"으음! 그, 그렇다면야…"

전귀의 말에 모두가 납득을 하고 물러선다.

사실 전생문 이외의 사람들은 주지 않아도 되는 상황이었지만 앞으로의 일을 생각한다면 그들에게도 나누어 주는 편이 나았다.

'무슨 부작용이 있을 지도 모르는 판에 쉽게 먹을 순 없지.'

자신의 것도 남겨놓지 않고 전귀는 붉은 환약을 적당히 나누어 주었다.

그나마 실력이 있는 자들을 위주로.

"나눠주면서 말했다시피 싸움이 시작되기 직전에 먹어라! 먹고 난 직후가 가장 힘이 좋다고 하니까, 밥벌이는 제대로 해봐야지!"

"와하하하!"

크게 웃는 놈들을 보며 전귀는 마침내 암문을 향해 발걸음을 옮긴다.

그들은 몰랐다.

그저 적당히 치고 빠지기만 하며 시간을 보내면 될 줄 알았던 일이.

치열한 싸움으로 변하게 될 줄은 말이다.

❖

"암문은 책임지고 보상하라!"

"보상하라!"

"네놈들 때문에 못 먹고 살겠다! 책임져라!"

"책임져라!"

아침부터 떠들어대는 소리에 암문의 하루가 평소보다 일찍 시작된다.

갑작스런 상황에 밖으로 나와 보는 암영들.

그리고 웃지 않을 수 없었다.

수백에 이르는 사람들이 하얀 천을 길게 늘어트려 그곳에 글을 쓰곤 연신 흔들며 소리를 지르고 있었다.

한 눈에 봐도 말도 안 되는 억지다.

암문이 무슨 짓을 했다고 저들에게 피해를 주고 보상을 해야 한단 말인가?

"하? 정말 왔네?"

비몽사몽인 상태로 밖으로 나온 모용혜 역시 눈앞에 벌어진 사태에 잠이 확 날아갔다.

대수롭지 않게 버렸던 서찰에 쓰였던 내용 그대로였다.

"미친 새끼들. 밥 먹고 할 짓이 없나?"

어느새 그녀의 곁에 선 화령이 걸 죽 한 욕을 내뱉는다.

시원한 욕설에 고개를 끄덕이는 모용혜.

"무슨 목적인진 모르겠지만 무 대응으로 일관하죠."

모용혜의 빠른 판단에 모두들 고개를 끄덕이며 각자의 위치로 돌아간다.

그렇지 않아도 주목받고 있는 판국에 저들과 부딪쳐서 좋을 것이 없다 판단한 것이다.

하지만 충돌하는 데엔 긴 시간이 필요하지 않았다.

"힘으로라도 우리의 의견을 관철시킵시다!"

"우와아아아!"

갑작스런 말과 함께 그들이 달려들었다.

암문은 본래 거대한 저택을 개조한 것이라 담은 제법

높지만 그 안으론 어떠한 기관진식도 존재하지 않는다.

암영들이 빈틈을 메우곤 있지만 수백에 이르는 인원이 동시에 담을 넘는다면 뚫릴 확률도 아주 높았다.

정문을 지키던 암영 둘의 시선이 부딪치고.

한 사람이 앞으로 나선다.

그리고.

스컥!

카카카각!

순식간에 뽑아든 검을 휘두르자 정확히 놈들 앞의 땅에 그어지는 일자의 선.

"넘는 자. 죽는다."

짧은 말을 남기고 뒤로 물러서는 암영.

그 모습을 보며 주춤거리며 물러서는 낭인들.

뒤편에서 그 모습을 보던 전귀가 외쳤다.

"약을 가진 자들은 먹고 앞장서라!"

"그, 그래! 뚫자! 할 수 있다!"

"우와아아아!"

큰 소란이 일어나고 틈을 놓치지 않고 약을 받은 자들은 재빨리 그것을 삼켰다.

몸 안에 들어간 약은 순식간에 녹으며 몸에 흡수되고.

이전과 비교 할 수 없는 힘을.

그야 말로 끓어 넘치는 힘을 자랑하며 암영들을 향해 달려들게 만든다.

"크아아아!"

괴성과 함께.

"자는 동안 최면을 걸어 놓은 효과가 있군요. 무의식중
에 물러서지 않고 무조건 달려드는 것이 애처롭기 까지 하
는 군요."

멀리 떨어진 나무 위에서 상황을 지켜보던 그의 말에 장
양운은 피식 웃었다.

말은 저렇게 해도 그 역시 자신과 같았다.

저런 쓰레기들의 목숨이 어떻게 되든 자신과 관련 없는
이야기다.

능력이 되지 못하는 것들은 크게 두 종류로 나뉜다.

쓸모 있는 쓰레기와 그렇지 못한 쓰레기로.

놈들은 쓰지 못하는 쓰레기였다.

그렇기에 놈들이 잠이 든 사이 또 다른 술사를 불러다가
놈들에게 완벽한 체면을 구가한 것이다.

자신들도 모르는 사이 놈들은 죽음을 향해 달려들게 될
것이다. 장양운이 내린 명령은 단 하나.

암문을 향해 돌진하라는 것이니까.

"남은 준비는… 이놈들뿐인가?"

웃으며 뒤편을 바라보는 장양운.

그곳엔 줄지어 서 있는 열 명의 사내가 있었는데, 하나
같이 이지를 제압당한 듯 두 눈이 풀려 있었다.

이들은 장양운이 비응단을 실험하기 위해 이곳저곳을 돌면서 모은 자들로, 하나 같이 일류의 반열에 오른 고수들이었다.

"네가 아니었다면 이들을 제압하기 어려웠겠지."

"도련님의 복이 있으신 겁니다. 재미로 익힌 재주가 이럴 때 필요로 하게 될 줄은 누가 알았겠습니까?"

"후후, 그런가?"

"물론입니다."

웃으며 말하는 그를 보며 고개를 끄덕이는 장양운이지만.

그 속은 달랐다.

'단순한 최면도 아니고 이혼술(離魂術)을 이 정도로 쓰면서 재미로 익혔다고? 알면 알수록 그 끝을 알 수가 없군.'

그에 대한 믿음이 떨어지는 것은 아니지만 알면 알수록 끝을 알 수 없는 사내였다.

그리고 이런 사내가 자신의 곁을 지켜준다는 것이 더없이 든든하기만 했다.

"슬슬 내보낼 시기가 된 것 같습니다."

"그래?"

고개를 들어 보니 확실히 암문의 정문 인근이 크게 시끄러워지고 있었다.

갑작스런 상황에 암문에서도 미처 대응하지 못하고 있었고, 암문의 주변을 돌며 어떻게든 정보를 캐내기 위해 몸을 은신하고 있는 자들이 하나 둘 모습을 드러내며 흥미롭게 상황을 지켜본다.

"가라. 모조리 죽여 버려라!"

"우…!"

장양운의 명령이 떨어지자.

신음과도 같은 대답과 함께 놈들이 일제히 숲을 벗어나 암문을 향해 달리기 시작했다.

방금 전까지만 해도 살아있는 것인지 구분이 되지 않았건만, 지금 뛰는 모습은 누구보다 생동감이 넘쳐 보인다.

적어도 멀리서 봤을 때는.

"성공하실 것이라 봅니까?"

그의 물음에 장양운은 고개를 저었다.

"전에도 말했지만 통하면 좋은 거고, 안 통해도 그뿐이지. 다른 사람이 볼 때는 괜한 비응단을 낭비하는 것 같지만, 난 그렇지 않다고 보는데… 그대는 아닌가?"

"이런, 예리한 질문을 제게 넘기시면 안 됩니다. 전 어디까지나 도련님의 뜻을 따를 뿐이지 생각을 넘겨짚거나 하진 않습니다."

그가 고개를 흔들며 웃는다.

장양운은 그 모습에 웃으며 시선을 암문으로 가져간다.

"이건 녀석의 반응을 보기 위한거야. 놈의 실력을 확실히 알아야 차후 제대로 밟아 줄 수 있거든."

혼자 중얼거리듯 말하는 것이었지만 그는 똑똑히 들었
다.

복수심에 불타오르는 그 목소리를.

절로 얼굴에 미소가 핀다.

그 무엇보다 마음에 드는 소리였다.

❖

"막아요!"

"크아아아!"

모용혜의 비명과도 같은 명령이 떨어지기 무섭게 괴성을
내지르며 달려드는 사내가 있었지만, 어느새 옆에 붙은 화
령이 놈의 턱을 후려치곤 재빨리 멀리 집어 던진다.

무기를 들고 달려드는 놈들에게 암영들은 맨손으로 맞서
고 있었다.

이유는 단 하나.

저 멀리서 지켜보고 있는 시선이 한 둘이 아니기 때문이
다.

이래저래 좋은 방향으로 흘러가고 있는 지금 문파의 정
문에서 쓸데없는 살인을 저지를 순 없었다.

명분은 자신들에게 있겠지만 어쨌거나 살인은 좋은 일은
아니니까.

암문을 탐탁치 않아하는 자들에겐 이것이 꼬투리가 되어 쥐고 흔들려 할 수도 있는 일이고.

여기저기서 달려드는 자들을 암영들이 빠르게 나서며 막아서곤 있지만 숫자가 한 둘이 아닌데다, 기묘하게 힘을 쓰는 자들이 있어 단숨에 밀어 내지도 못했다.

암영 전부가 있다면 쉽게 처리 할 수도 있었겠지만 아쉽게도 현재 암문을 지키고 있는 것은 화영이 이끌고 있는 조가 유일했다.

거기에 최종 결정자라 할 수 있는 휘는 며칠 전부터 폐관에 들었으니.

상황을 판단하고 정리해야 하는 것은 오직 모용혜와 화영의 몫.

쉽지 않은 상황이다.

"그냥 쓸어버리면 안 돼? 그게 쉬운데."

화영이 모용혜를 보며 삐죽거리며 말하지만 그녀는 단호했다.

"안 돼. 이걸 꼬투리 잡아서 본문을 흔들려는 자들이 분명 있을 거야. 한창 이름을 알리고 있는 상황에서 불미스런 상황은 될 수 있으면 만들지 않는 게 좋아. 게다가… 억지긴 하지만 명분은 우리가 아닌 저놈들에게 있고."

"그건 또 무슨 소리야? 피해자는 우린데!"

급격히 흥분하려는 화령을 진정시키며 모용혜가 얼굴을 찡그리며 답한다.

"몇 번에 걸쳐서 경고장을 보냈거든. 쓸데없다고 깊이 생각하지 않고 버려버린 내 탓이 커."

"그렇다고 우리 탓은 아니지!"

"그렇지. 열이면 아홉은 우리 잘못이 아니라고 하겠지만 남은 하나가 문제지."

"그게 무슨 소리야, 좀! 알아듣기 쉽게 이야기 좀 해봐!"

결국 화령이 폭발하고야 만다.

어렵게 생각하는 것을 좋아하지 않는 그녀가 지금까지 참은 것만 해도 대단한 일이다.

"…안 좋다는 거야."

"그렇게 간단하게 이야기하면 될 것을."

뻐억!

투덜대며 달려드는 사내에게 거침없이 주먹질을 해대는 화영을 보며 모용혜는 가볍게 한숨을 내쉰다.

말은 그렇게 했지만 쉽게 볼 일이 아니었다.

애초에 이런 일이 일어난 다는 것 자체가 말도 안 돼는 이야기였으니까.

'누군가가 배후에 있다는 건데… 목적이 뭘까? 단순히 꼬투리를 잡기 위한 짓을 아닌 것 같은데.'

예리하게 빛나는 그녀의 눈.

그때였다.

"뭐야, 이건?"

땀이 흠뻑 젖은 모습으로 모습을 드러내는 휘.

휘는 폐관을 끝내고 나오자마자 들려오는 소리에 밖으로 나와 봤다가 보이는 모습에 인상을 찡그린다.

대체 이게 무슨 일인가 싶어서다.

반갑게 그를 맞으며 모용혜는 재빨리 상황을 설명해 주었고.

휘는 간단하게 결론을 내린다.

"치워."

"예? 하지만…."

"책잡히는 것이 두려워서 꼴사나운 모습을 보일 순 없지. 때론 남의 눈보다 자존심을 먼저 세워야 할 때가 있는 법이다."

"아…!"

그제야 납득하는 그녀.

모용혜 역시 무가의 여식으로 보고 자라온 것이 있었다. 그러다 보니 휘의 말을 단번에 이해했다.

동시에 자신이 너무 물렀다는 것도 인정했다.

"치워라!"

그녀가 납득한 듯하자 휘는 화영을 비롯한 암영들에게 명령을 내렸다.

답답하게 막혔던 혈이 뚫리기라도 한 듯 속 시원하게 대답하며 날뛰기 시작하는 화영과 암영들.

애초에 상대가 되지 않던 자들이다.

그 중에 이상한 놈들이 섞인 것 같긴 하지만, 그뿐이다.

그 모습을 보며 돌아서려고 하던 찰나였다.

"응?"

저 멀리서 빠르게 접근하는 무리가 있었다.

사사삭!

노습을 감출 필요도 없다는 듯 일직선으로 달려드는 사내들. 그들에게서 느껴지는 기운은 결코 보통이 아니었다.

"이거… 짜증나네."

단박에 어떤 놈들이 장난을 치고 있다는 것을 눈치 챈 휘다.

그리고.

우우웅!

단숨에 휘의 오른발에 막대한 내공이 몰리고!

콰아앙-!

그의 발이 굉음과 함께 지면을 파고든다.

쿠구구.

드득!

드드드!

휘의 전면으로.

땅이 흔들리기 시작하더니, 곧.

쩌적! 쩌저적!

거북이 등껍질마냥 갈라지는 땅들!

거기서 끝나지 않았다.

"흡!"

짧은 호흡과 함께 광범위하게 기운을 내뿜는 휘.

기다렸다는 듯 혈룡이 소리를 지르며 사방으로 달려 나가고.

"어? 어?"

"뭐, 뭐야!"

둥실.

드드드!

영향권에 든 자들의 신형이 떠오른다.

갈라진 땅과 함께.

말도 안될 만큼 가공할 허공섭물의 응용!

암영들이 급하게 휘의 권역에서 벗어나기 시작한다.

하지만 그마저도 휘가 풀어주었기에 가능한 일이었지 다른 자들은 아니었다.

아니, 애초에 놓아 줄 생각이 없었다.

이는 멀리서 달려들고 있는 이들 역시 마찬가지.

콰드득!

단숨에 붉은 기운에 사로 잡혀 힘 한번 써보지 못하고 허공에 떠오르는 놈들.

수백의 인원이 허공에 떠 있는 모습은 그야 말로 장관이었다.

아니, 두려울 정도였다.

무림사에 과연 이런 광경이 있었던 것인지 의문을 떠올릴 정도로.

"후우."

짧게 숨을 토해낸 휘.

그리고.

단숨에 놈들을 향해 기운을 풀어 놓는다.

틱, 틱!

화르르릌!

휘에게서 가까운 곳에 떠 있던 땅이 순간 불길에 휩싸이며 순식간에 재로 변하고. 불길은 빠른 속도로 퍼져나간다.

미처 모용혜가 말릴 수 없을 정도로.

"끄아아악!"

"아아악!"

"사, 살려… 크아아악!"

비명소리와 함께 코끝을 찌르는 냄새가 사방에 퍼진다.

그 아찔한 광경에 모용혜는 눈을 감고 몸을 돌려버렸고, 화영은 신기하다는 듯 휘에게서 눈을 떼지 않았다.

사실 휘의 행동은 과할 정도였다.

굳이 이 많은 인원을 죽일 필요도 없고, 이런 식으로 힘을 보여 줄 필요도 없다.

그럼에도 불구하고 이런 식으로 행동을 하고 나선 것은 놈들에게 경고하는 것이다.

암문을 얕보지 말라는.

이것은 그 경고였다.

화르르륵!

쿠오오오오!

혈룡이 괴성을 토하고 허공에 떠오른 모든 것이 타오르며 재로 변한다.

그 엄청난 모습에 조용히 모습을 지켜보던 자들이 식은 땀을 흘리며 모습을 감춘다.

휘잉.

불어오는 바람에 재가 사방에 날리고.

휘는 아무 일도 없었다는 듯 안으로 들어가 버린다.

본래 그랬다는 듯 정문 앞으로 새겨진 거대한 흔적을 뒤로하고.

으드득!

어마어마한 광경에 자신도 모르게 이를 악문 장양운.

발전이 있을 것이라고 생각은 했지만 이런 광경을 그려본 적은 없었다.

최소한 놈이 귀찮아 할 것이라 생각했는데 아니었다.

아니, 귀찮아하긴 했지만 단숨에 없애버렸다.

자신이 바라던 것은 결코 아니었다.

"이거, 이거 재미있는 모습을 보게 되는군요. 벌써 저런 경지라니."

턱을 쓰다듬으며 흥미를 보이는 그와 달리 장양운은 잠시 휘가 사라진 암문을 바라보다 등을 돌린다.

들인 시간이 아깝긴 하지만 아주 소득이 아예 없는 것은 아니다.

다만 자존심이 크게 상할 뿐.

그런 장양운의 뒤를 따르는 그의 시선이 암문을 향했다가 사라진다.

워낙 보는 눈이 많았기 때문인지 소문은 금세 퍼졌다.

누구는 허풍이라 했고, 누구는 미쳤다고 했으며, 누구는 잘됐다고 물어뜯었다.

분명한 것 하나는 다시 한 번 암문의 이름이 중원에 퍼지기 시작했다는 것이다.

그것이 좋은 방향이든.

나쁜 방향이든 간에 말이다.

정작 사태의 범인이라 할 수 있는 휘는 다시 폐관에 들어가 수련에 열중하고 있었다.

꽉 막혀 있던 것 같던 상승경지에 대한 실마리가 어렴풋이 잡히기 시작한 것이다.

기회를 놓치지 않기 위해 휘는 수련에 수련을 거듭했다.

본래 휘 정도 되면 육체적 수련은 더 이상 필요가 없다. 정신적 수양이 더 중요하다 치는데.

휘는 몸을 움직이는 것도 게을리 하지 않았다.

아니, 움직이는 편이 잡생각도 하지 않고 정신을 집중하기 좋았다.

"후우."

호흡을 조절하는 휘.

웃옷을 벗어버린 탓에 드러난 매끈한 상체.

근육의 골을 따라 흘러내리는 땀방울.

화영이나 사마령이 보았다면 헐떡이며 달려 들 수도 있겠지만 다행이도 폐관실엔 휘 혼자였다.

아주 천천히.

눈에 보이지도 않을 정도로 천천히 몸을 움직이는 휘.

단순히 팔을 들었다 내리는 동작 같다.

헌데 팔이 올라가는데 반 시진.

내려오는데 반 시진.

다시 몸을 바로 하는데 반 시진.

동작 하나에 반 시진에 가까운 시간을 투자하며 휘는 자신의 몸을 관조하고 있었다.

근육의 움직임.

기의 흐름.

그 모든 것을 지켜보고 움직이고 지켜보고.

자신의 몸을 되돌아 본다.

혈마공을 익히며 혈마제령공에선 완전히 벗어났다.

천부경의 도움이 크기도 했지만 혈마제령공 자체가 혈마공을 익히기 위한 준비과정에 불과하다 보니 혈마공을 익히는 것과 동시 완전히 풀려난 것이다.

정확하게 따지자면 휘는 혈마공의 초입에 들어선 것과

마찬가지다.

그리고 이젠 좀 더 높은 수준을 향해 내딛고 있었다.

"후우…."

숨을 들이쉬고, 내쉬는 소리만이 폐관실을 울린다.

騎君黑道歸 52 章

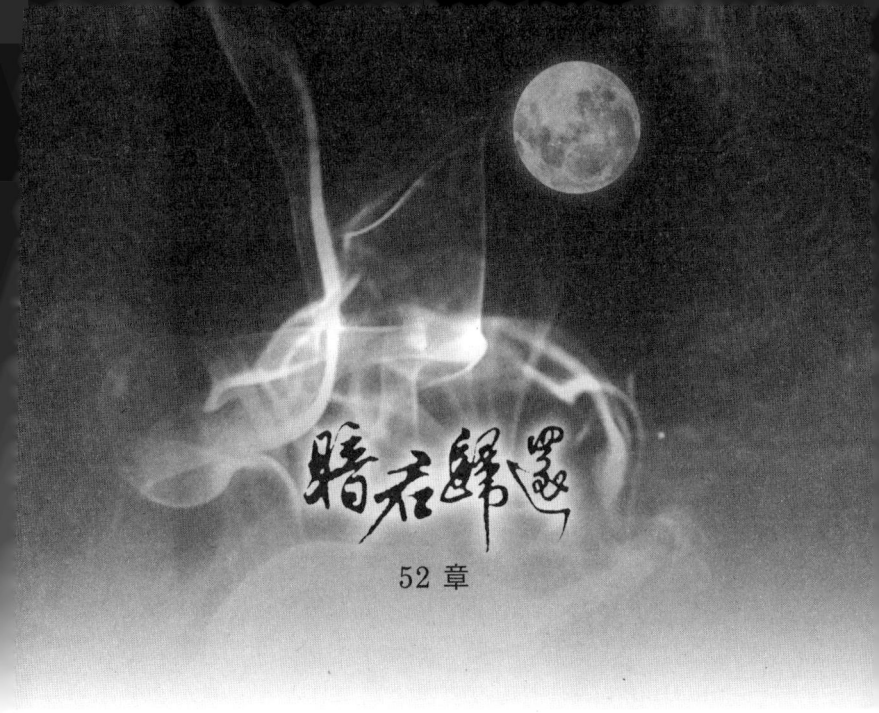

52 章

암문에서 벌어졌던 일은 많은 논란을 낳았지만 금방 조용해졌다.

모용혜와 파세경이 힘을 합쳐서 소문을 잠재우기 시작한 것이다.

암문은 이번 일의 피해자임을 모용혜는 철저하게 피력했고, 그것을 파세경은 빠르게 중원 전역으로 퍼트렸다.

덕분에 암문에 대한 나쁜 소문은 빠르게 사라졌다.

대신 혈우곡에 대한 이야기가 빠른 속도로 다시 떠오르기 시작했다.

무림 곳곳에서 혈우를 남기고 벌어지는 사건들.

사람들은 일월신교보다 혈우곡을 더욱 두려워했다.

일월신교는 아직 드러나지 않은 미지의 적이지만 혈우곡은 당장 눈에 보이지 않는가.

게다가 문파와 지역을 가리지 않고 나타났다 하면 대형 사고이니. 두려워하지 않을 수 없었다.

그러다 보니 당장 바빠진 곳이 바로 정도맹이다.

지난 비무대회를 기점으로 맹주를 뽑으려 했으나, 이런 저런 사정으로 인해 제대로 된 선발이 되지 못했다.

솔직히 말해서 정도맹주의 자리에 앉지 않으려 하는 것이다.

바로 얼마 전까지만 해도 맹주의 자리를 호시탐탐 노리던 자들이 한 둘이 아니었건만, 혈우곡 사태로 인해 쏙 뒤로 빠져버렸다.

이것이 의미하는 것은 하나.

만에 하나라도 벌어지는 일에 대한 책임을 질 생각이 없다는 것이다.

즉, 맹주라는 자리가 주는 달콤한 꿀만 받아먹으려 했던 것이다.

"사람이 없군, 사람이 없어."

덕분에 죽어가는 것은 신묘였다.

군사의 자리를 맡은 뒤 아직 맹주가 뽑히질 않아 정도맹의 모든 일은 그의 손에서 처리되고 있었다.

어쩔 수 없이 군사직을 맡게 되긴 했지만 그는 창창 젊은 나이가 아니다 보니, 연신 밀려드는 일거리에 피로를 풀 수가 없었다.

어떻게든 인재를 뽑아 일을 분산하곤 있지만 역부족이다.

"어? 이거 바쁜데 괜히 온 건가?"

"아냐, 앉게. 나도 좀 쉬어야 하겠어."

집무실에 들린 검제가 바쁘게 움직이는 신묘를 보며 멈칫하지만 곧 이어지는 그의 말에 자리에 앉는다.

무한에 자리를 잡은 정도맹.

정도맹의 이 인자나 마찬가지인 군사의 집무실이니 만큼 화려할 법도 하건만 이곳은 꼭 필요한 것들로만 채워져 있었다.

방은 크고 있는 것은 없으니 썰렁해 보이기까지 한다.

만약 산더미처럼 쌓여 있는 서류가 아니었다면 더 그랬을 지도 모른다.

"후! 죽겠군, 죽겠어. 사람이 없어도 너무 없어."

"각 문파에서 지원을 나오지 않았나?"

"나오기야 나왔지. 정작 쓸 만한 놈들이 없으니 문제지. 겉으론 화해를 했지만 아직 안쪽으로는 곪아있지 않나. 아무래도 시간이 필요한 모양이야."

"자네가 고생이 많군."

검제의 위로에 신묘는 피식 웃으며 종을 흔든다.

그러자 기다렸다는 듯 시비가 들어와 그가 즐기는 용정차를 내주곤 사라진다.

조르륵-.

"그걸 알면 자네가 맹주 자리라도 차지하지 그러나? 그러면 내가 해야 할 일이 반은 줄어 들 것 같은데 말일세."

"흠. 내가 되면 자네 일이 배는 늘어날 것 같은데? 자네가 꼭 하라고 한다면 못할 것도 없긴 하지."

검제의 말에 신묘는 미묘한 얼굴로 시선을 돌린다.

그의 말처럼 검제가 맹주의 자리에 오르는 순간 신묘의 일거리는 배로 늘어나게 될 것이 뻔했다.

검제의 성격을 모르는 것도 아니고 말이다.

"걱정 말게. 할 생각 없으니."

"그거 다행… 아니, 자네는 그럼 뭘 하려고? 하는 것도 없이 빈둥빈둥 놀 생각인가?"

"빈둥빈둥 놀아야지 뭘 하겠나? 내 나이쯤 되면 빈둥빈둥 놀고 싶어도 삭신이 쑤셔서 말이야."

"…내 앞에서 할 이야긴 아닌 것 같네만?"

실제 연배는 비슷하지만 겉으로 보이는 모습만큼은 신묘가 좀 더 나이 들어 보이는 것이 사실이기에 검제는 크게 웃었다.

"그보다 혈우곡에 대한 것 좀 어떻게 해보게. 아무래도 일이 심상치가 않아."

"나도 주시를 하곤 있네. 그런데 꼬리가 잡히질 않아."

검제의 말에 신묘는 고개를 저었다.

할 수 있는 모든 수단을 동원하여 혈우곡 아니 정확히는 혈우곡을 이용하는 자들을 알아내려 했지만 알 수 있는 것은 단 하나도 없었다.

분명 흔적은 남았는데, 그걸 만들어낸 사람은 없었다.

마치 신기루처럼 말이다.

신묘의 이야기를 들은 검제는 고개를 흔들었다.

"아무래도 쉽지 않은 이야기가 되겠군."

"그렇겠지. 하지만 증거가 없다 뿐이지 어느 정도 짐작하고 있는 것은 있네."

"뭔가? 어서 말해보게."

눈을 빛내며 묻는 검제.

그 모습에 신묘는 작게 웃으며 답했다.

"일월신교. 놈들이겠지."

"호! 그러고 보니!"

"혈우곡의 이름 뒤에 숨겠다는 생각이겠지. 철저하게 자신들을 감춰온 놈들로선 좋은 기회가 되었을 테니."

신묘의 예상은 정확한 것이었다.

다만 확실한 증거가 없어 누구에게도 이야기를 하지 않았을 뿐.

이미 자신이 움직일 수 있는 인원들 중 몇몇을 이용해 일월신교의 흔적을 찾게 하고 있었다.

"어쨌거나 좋지 않아. 혈우곡 사건 때문에 정도맹에 가입 신청을 하는 문파도 크게 늘었고, 빠르게 세를 늘려가고 있긴 하지만 맹주의 자리가 비어 있는 이상 중심을 잡는 것이 쉽지는 않아."

신묘의 걱정대로다.

선장이 없는 배가 갈피를 못 잡듯 정도맹이란 거대한 배 역시 갈피를 못 잡고 휘청거릴 확률이 아주 높았다.

최대한 신묘가 나서서 제어하곤 있지만 규모가 커지면 커질수록 역부족일 터다.

"거기에 사파 쪽 움직임도 수상하고."

"사파 놈들이?"

처음 듣는다는 듯 신묘를 바라보는 검제.

한숨과 함께 찻잔을 내려놓으며 그는 입을 열었다.

"아무래도 저쪽 입장에선 자극을 받을 수밖에 없지. 게 다가 빠른 속도로 정도맹이 발을 넓히고 있는 것을 생각한 다면, 저쪽도 그냥 있을 순 없다 이거지."

"그렇다고 저쪽에서 하나로 모일 수 있을까?"

"나도 모르지."

어깨를 으쓱이는 신묘를 보며 검제는 웃지 않을 수 없었 다. 저런 표정을 할 때의 신묘는 항상 그 뒤의 계산을 끝내 놓은 상태라는 것을 잘 알기 때문이다.

"그러지 말고 내게만 말해봐. 다른데 가서 이야기 하진 않지!"

"흠흠! 그렇다면야."

목을 가다듬고 찻물로 입을 축이고 난 뒤 신묘는 말을

시작했다.

"그동안 사파가 하나로 뭉치지 못했던 결정적인 원인은 구심점이 없다는 것이었지. 그렇지 않아도 자유분방한 사파인들을 하나로 묶을 강력한 실력자가 없다는 것은 그만큼의 약점이니까."

"자네가 이런 말을 하는 것 보니 하나로 묶을 수 있는 실력자가 나타난 모양이로군."

"아마도."

"아마도? 그 불확실한 말은 무엇인가?"

"아직은 모르니까. 일단 그럴 가능성이 높기는 한데… 문제가 있긴 있단 말이지."

"그게 뭔가? 사람 답답하게 하지·말고!"

"좀… 어려."

"어리다고? 그게 무슨 상관인가? 실력만 있다면 그만이지."

"그렇게 생각하는 것은 자네뿐이야. 한 문파도 아니고 사파 전체를 아우르려면 실력도 실력이지만 어느 정도 연륜을 필요로 하는데… 그는 어려도 너무 어려."

"몇 살이기에?"

검제의 물음에 신묘는 손가락 두 개를 편다.

짧게 깎은 머리와 어디서 주워 입은 것인지 아래위가 색상도, 크기도 맞지 않는 옷.

더럽기라도 했다면 거지도 형님으로 모셨겠지만 다행히
도 깔끔하기는 했다.

옷도 자세히 보면 깨끗하게 빤 것인지 먼지 한 톨 없고.

사내의 키는 평균적이었다.

남들보다 크지도, 작지도 않은.

육체 역시 잘 단련된 것 같긴 한데 옷차림 때문에 잘 드
러나진 않는다.

독특한 것은 키와 맞먹는 크기의 거대한 도를 등에 매고
있다는 것이다.

자신의 상징이라도 되는 냥 사내는 굳이 도를 감추지 않
았다.

그 기괴한 모습에 지나가던 사람들이 제법 쳐다보지만
그는 개의치 않는다.

당당한 걸음으로 한참을 걸어 목표한 곳에 도착한다.

천사문(天邪門).

사파에서 다섯 손가락 안에 든다는 거대 문파.

보는 것만으로 입이 떡 막힐 정도로 막대한 규모를 자랑
하는 그곳의 정문은 활짝 열려 있었는데, 당장 오가는 사람
만 하더라도 어마어마한 규모였다.

정문의 좌우로 늘어서서 경계를 서고 있는 무인들 역시
강인해 보였고.

그 모습을 잠시 보고 있던 사내는 느긋한 걸음으로 정문을 향한다.

특유의 팔자걸음이 경계를 서던 무인들의 발걸음을 사로잡고. 그가 다가서기 전 무인 중 하나가 접근했다.

"어떻게 찾아오셨습니까?"

등에 진 거대한 도를 보며 그는 정중히 물었다.

문파의 얼굴이라고도 할 수 있는 정문을 지키는 무인이었기에 교육을 잘 받은 것인지 단번에 사내를 살피며 묻는다.

그것을 알면서도 사내는 빙긋 웃으며 그에게 말했다.

"밥 준다고 오라던데?"

"…예?"

"밥 먹으러 오라던데?"

"…무슨 말씀이신지? 아니, 어떤 분과 약속을 잡으셨습니까?"

무인의 눈빛에 경계의 시선이 어리는 순간 정문을 지키던 무인들의 위치가 조금씩 변한다.

만약의 사태에 대비하는 것이다.

그 유기적인 모습을 즐기듯 보며 사내가 답했다.

"천사마웅."

"누구냐!"

파바밧!

처척! 척!

천사마웅이란 이름이 나오는 순간 앞에서 질문하던 무인은 물론이고 뒤에서 대기하고 있던 이들까지 달려 나와 손에 쥐고 있던 창으로 사내를 위협한다.

당장이라도 찌를 수 있을 정도로 날카로운 창끝이 몸에 아슬아슬하게 닿고 있었지만.

사내의 얼굴인 웃음이 가득하다.

"진짠데."

"헛소리! 문주님께서 어딜⋯!"

"의심되면 가서 물어봐. 사황(邪皇)과 약속이 되어 있지 않냐고."

"사, 사, 사황?!"

쨍그랑!

사황이란 소리에 깜짝 놀라며 물러서는 무인들.

심지어 창을 놓친 자도 있다.

"그, 그러고 보니!"

그제야 기억이 난다.

사황이 곧 천사문을 찾을 것이란 윗선의 명령이. 또한 그의 차림새에 대해서.

기억이 떠오르는 것과 동시 상관이 말해주었던 인상착의와 완벽하게 맞아 떨어지는 것을 확인했다.

무인의 얼굴이 파랗게 질리는 순간.

"뭐해? 가서 물어봐. 배고파. 밥 안주면 돌아갈 거고."

"기, 기, 기다려 주십시오!"

파바밧!

문파 내에선 경공이 금지라는 사실도 잊은 채 그가 안으로 뛰어 들어간다.

"딸꾹!"

"딸꾹!"

남은 자들 중 한 사람이 딸꾹질을 시작하지만 사내는 여전히 웃는 얼굴로 주변을 둘러본다.

어느새 이목이 집중된 상황.

근래 사파인들 사이에서 가장 유명한 인물이 바로 사황에 대한 것이었다.

벼락 같이 나타나 순식간에 사파의 거두들에게 인정을 받았으며, 사황이란 어마어마한 별호를 선사 받은 자.

사파의 미래로 불리는 사황의 등장은 천사문을 발칵 뒤집어 놓기에 부족함이 없었다.

❖

크르릉.

몸 안에 똬리를 틀고 앉은 혈룡이 으르렁 거린다.

더 이상 접근하지 말라는 듯.

하지만 휘는 개의치 않고 놈을 지나 몸의 깊은 곳을 향한다.

그 순간.

번쩍!

붉은 섬광이 휘의 몸에서 뻗어 나와 폐관실을 가득 채우고, 어느새 몸 밖으로 밀려난 혈룡이 울부짖는다.

쿠오오오오!

놈이 무슨 짓을 하건 휘의 정신은 한 곳에 집중된다.

그리고 마침내.

크아아아아!

또 하나의 혈룡이 태어났다!

쿠오오오!

크아아아!

두 마리의 혈룡이 괴성을 지르며 휘의 몸을 맴돈다.

혈룡이 두 마리가 됨과 동시 이제까지완 차원이 다른 힘이 온 몸을 휘감는다.

전율과도 같은 환희!

그렇게 한참을 뛰어놀던 혈룡들이 몸에 빨려 들어가고.

휘가 눈을 뜬다.

"후우우…!"

길게 숨을 토해내는 휘.

막혔던 부분을 뚫어냈을 뿐만 아니라 더 높은 경지에 올라섰다.

"운이 좋았어."

잡을 듯 잡지 못하던 것을 잡을 수 있었던 결정적인 원인은 바로 정문에서 일어났던 소란 사태 덕분.

그때 대규모로 힘을 발현하며 깨달은 것이 있었고, 그것은 곧 지금의 휘를 만들어 내었다.

그야 말로 천운.

"이 정도라면 괴검하고 붙어도 괜찮을 것 같은데?"

온 몸에 충만한 기운은 대단한 자신감을 가져다주었다.

바로 며칠 전까지만 해도 괴검과 정면으로 싸우는 것은 조금 부족한 면이 있었는데, 이젠 정면으로 붙어도 자신이 있었다.

"이 정도라면…."

꾸욱.

주먹을 쥐며 몸에 차오르는 힘을 확인한 휘가 자리에서 일어선다.

이젠 생각만 해오던 계획을 실행 할 수 있을 것 같았다.

기태연은 하루가 다르게 밝아지고 있었다.

어마어마한 일 때문에 힘이 들만도 하건만 그녀는 씩씩하게 맡은 일을 완벽하게 처리했다.

자신이 할 수 있는 일이 있다는 것이.

자유롭게 움직일 수 있다는 것이 즐거운 것이다.

니르바나로 모셔질 때도 부족한 것은 없지만, 즐겁진 않았다. 이곳에선 분명 부족한 것은 있지만 즐거웠다.

자신의 힘으로 일을 할 수 있고, 그 힘으로 돈을 벌어 부족한 것을 채워 넣을 수 있다는 것이.

소소한 재미를 즐기며 매일 매일을 보내는 그녀.

기태연은 자신이 구함을 받았다 생각했다.

하지만 그녀를 부리고 있는 파세경은 반대로 기태연 덕분에 살았다고 생각했다.

기태연은 상인을 하기 위해 태어나기라도 한 것인지 머리가 아주 좋았다. 특히 셈이.

보는 것만으로도 어지간한 셈은 완벽하게 처리를 한다.

때론 파세경이 실수한 것도 그녀가 찾아내곤 했다.

그만큼 기태연은 뛰어난 능력을 바탕으로 파세경의 일을 많이 덜어주며 이젠 천탑상회에 있어 없어선 안 되는 중요한 인물이 되어 있었다.

정작 자신은 자각이 없는 듯싶지만 말이다.

"아, 끝났다! 오늘도 수고했어!"

"수고하셨습니다!"

파세경이 기지개를 켜며 말하자 사무실 곳곳에서 인사가 쏟아진다.

어지간한 대형 문파의 회의실처럼 드넓은 사무실.

곳곳에 놓인 책상에 자리를 잡고 앉은 사람들.

이곳에 있는 십 수 명의 사람들이야 말로 천탑상회의 핵심 중의 핵심들이었다.

중요한 것은 이들 모두가 여인이라는 것.

대부분 기태연과 비슷한 처지의 여인들로 오래전부터 파세경을 위해 그녀의 할아버지인 파가릉이 거두고 키워낸 사람들이다.

일을 할 때만이라도 편하게 얼굴을 드러내놓고 일을 할 수 있도록 배려를 한 것이다.

그 중 이쪽으로 재능을 보이지 않는 여인들은 파세경의 시비나 호위 등으로 키워서 활약을 하고 있었다.

천탑상회를 세우고 중원으로 진출하면서 파세경은 그녀들을 전부 데리고 온 것이다.

기존의 상단에서 인원을 뽑아 오긴 했지만 역시 핵심은 그녀들이었다.

"오늘은 맛있는 것 좀 먹자. 이미 이야기 해놨으니까 준비했을 거야."

"와—!"

환호성을 터트리는 그녀들을 보며 파세경은 웃으며 자리에서 일어나 바로 앞자리의 기태연에게 다가갔다.

"어때? 할 만해?"

"이젠 완전히 익숙해졌어요. 아침에 일찍 일어나는 게 아직도 힘이 들긴 하지만요."

"그건 평생 안 익숙해질걸?"

파세경의 가벼운 농담에 웃으며 기태연이 자리에서 일어섰다.

"가자! 맛있는 거 먹으러!"

파세경의 뒤를 우르르 쫓는 여인들.

모두의 얼굴에서 미소가 떠나질 않는다.

그때였다.

움찔.

가장 뒤에서 따라가던 기태연은 온 몸을 엄습하는 공포에 움찔 놀란다.

하지만 착각이었다는 듯 금세 사라진다.

묘한 기분이 들지만.

"뭐해? 빨리 와!"

"예!"

앞에서 부르는 탓에 금세 뒤를 쫓는다.

별 것 아니겠지 하면서.

뚝. 뚝!

검을 타고 흐르는 붉은 피.

방금 전까지 뜨겁고 세차게 몸 안을 돌았을 붉은 피는 세상을 구경하며 싸늘하게 식어간다.

육신과 함께.

"요즘 애들이 약한 거야, 우리가 강한 거야?"

"알게 뭐냐? 배고픈데 맛있는 거나 먹으러 가자."

"캬하하하! 그럴까?"

한 문파를 완전히 박살내 놓고서도 몸에 피한방울 묻히지 않은 광혈쌍마가 웃으며 현장을 떠난다.

크진 않지만 나름 자리를 잡고 커오던 문파 하나가 허무하리라 만치 쉽게 무너졌다.

겨우 두 사람에 의해서 말이다.

멀지 않은 곳의 식당에 자리를 잡은 둘은 미친 듯이 음식을 섭취했다.

그 강렬한 모습에 주변에 있던 사람들이 주춤주춤 물러설 정도.

우걱우걱!

둘이서 먹는 것치곤 어마어마한 양이 뱃속으로 들어가고 나서야 고개를 드는 둘.

주변 사람의 질렸다는 표정이 역력하다.

"어째 그놈한테 좀 놀아나는 것 같지?"

"돈만 잘 주면 이 정도는 참아볼만한데?"

"하긴 먹는 것만 잘 먹으면 되지."

"그래서 형님이 가지는 불만이 뭔데? 나와선 그놈 부탁을 몇 개 들어 준 걸 빼면 마음대로 움직이고 있잖아."

동생 하연의 말에 형인 상현은 콧바람을 불어낸다.

"그게 마음에 안 든다는 거지. 보통이라면 당장이라도 데리러 가야 하는데, 놈에게선 알 수 없는 여유가 느껴진단 말이지."

"하긴 그렇긴 하지. 생겨 먹은 게 마음에 들지 않지."

"그지? 나보다 잘 생긴 놈들은 죽여야지."

"그럼 나부터 죽여."

"미친 놈."

웃으며 이야기를 주고받던 두 사람이 돌연 입을 다문다.

그리고 잠시 뒤 돈을 계산하곤 밖으로 향하는 둘의 얼굴에 미소가 가득하다.

"역시 욕하면 일처리가 빨라지는 법이지."

"이런 건 역시 형한테 배워야 하는데 말이야."

"캬하하하! 내가 바로 네놈 형이니라!"

"캬하하하! 미친 놈!"

퍽퍽! 퍽!

서로 간의 주먹질이 길거리에서 한 동안 이어지고.

어느 순간 자리에서 일어서는 둘.

"그럼 가볼까?"

"가야지."

"중원으로."

스팟!

둘의 신형이 사라진다.

"광혈쌍마가 출발했다고 합니다."

수하의 보고에 밀검은 고개를 끄덕이며 자리에서 일어섰다.

준비는 끝났다.

남은 것은 니르바나를 되찾고 밀교의 행사를 방해한 놈들의 목을 치는 것뿐.

"와아아아!"

밖으로 나가자 모든 준비를 마친 밀교 무인들이 함성을

내지른다.

사기는 충분히 높고, 비장의 패도 준비했다.

패한다는 생각은 조금도 들지 않았다.

"우리는 중원으로 간다!"

"우와아아아!"

밀검의 내공이 가득 실린 외침에 밀교도들의 함성이 하늘을 찢을 듯 높아진다.

"출진!"

명령과 함께 밀교가 다시 한 번 중원을 향해 움직인다.

❖

괴검의 검을 부드럽게 받아 넘긴 휘가 순간 그의 가슴을 향해 어깨를 집어넣더니 가볍게 두드린다.

텅!

순식간에 충격과 함께 벌어지는 거리.

갑작스런 상황이라 미처 막을 순 없지만 괴검은 괴검이었다.

가슴의 충격을 최소화하며 그 힘을 이용하여 뒤로 더 물러선 것이다.

휘의 공격을 피해내기 위함도 있지만, 기본적으로 자신의 호흡을 되찾기 위해서였다.

그것을 알기에 휘는 물 흐르듯 부드러운 동작으로 괴검을 압박한다.

이전과 완전히 달라진 그 모습에 괴검은 이를 악물며 검을 휘둘렀다.

'이건 사람이 완전히 바뀐 수준이잖아? 손해야. 손해!'

괜히 비무는 받아들였다.

화소운만 아니라면 얼마든 자신이 있다고 생각했는데, 이젠 그럴 수도 없게 되었다.

"그만! 그만!"

결국 항복을 하고 나선 것은 괴검이었다.

벌써 한 시진을 쉬지도 않고 비무를 펼친 두 사람이다. 내공을 사용하지 않는 비무였기에 땀이 비 오듯 쏟아져 온몸을 적신다.

"대체 무슨 짓을 한 거야? 사람은 맞아?"

괴검의 물음에 휘는 웃기만 한다.

내공을 사용하는 비무였다면 어느 정도 방향이 달라지긴 했겠지만.

'그래도 내가 졌을 것 같군.'

고개를 내젓고 마는 괴검.

괴물이었다.

이런 짧은 시간 이렇게까지 강해진다는 것은 적어도 괴검의 머릿속에선 있을 수 없는 일이었다.

물론 간혹 일정 수준 이상으로 강해지는 자들이 있긴 하지만, 그것은 어디까지나 경계선이 있는 법.

그런데 괴검이 보았을 때 휘의 경우는 그 경계선을 뛰어넘고 있었다. 마치 한계가 존재하지 않는 사람 같다.

"반응을 보니 꽤 괜찮은 것 같네."

"괜찮은 정도가 아니다. 이건 사람이 바뀐 수준이지."

투덜거리는 괴검을 보며 휘는 웃으며 주변을 정리했다.

이제 육체적 능력만 놓고 본다면 전생과 비교할 수 없을 정도로 강해졌다.

적어도, 휘 본인이 기억하는 고수들 중에 자신과 견줄 수 있는 자는 열손에 꼽을 수 있을 정도로 말이다.

'이렇게 강해지고도 열손에 꼽을 수 있을 정도라? 이렇게 보니 일월신교가 확실히 괴물은 괴물이군.'

쓰게 웃으며 간단하게 씻은 뒤 회의실로 향한다.

회의실엔 암문의 주요 인사들이 한 자리에 모여 있었다.

오영을 비롯해, 파세경과 모용혜가 한쪽에 자리 잡고.

차돌과 화소운, 괴검이 한 자리를 차지한다.

그 끝에 조용히 자리를 잡은 태양신군까지.

이렇게 모이고 보니 객관적으로 보더라도 참 어마어마한 전력이었다.

마음먹고 나쁜 짓을 하려고 마음먹는다면 소림이나 무당이 달려와도 막을 수 없을 정도니까.

모두를 한 번씩 쳐다보고선 휘는 천천히 입을 열었다.

"이제 슬슬 방향을 바꿔보려고 한다."

갑작스런 이야기였지만 누구하나 입을 열지 않는다.

아직 본론을 시작하지도 않았음을 알기 때문.

"그동안 일월신교의 분타를 치거나 하는 방법으로 제법 자극했지만 놈들은 밖으로 나오지 않았지. 그렇다면 놈들이 결코 외면 할 수 없는 미끼를 던지는 수밖에."

"확실한 미끼가… 있나요?"

모용혜의 물음에 휘는 고개를 끄덕였다.

일월신교로선 결코 무시 할 수 없는 강력한 미끼가 어디에 있는지 휘는 확실히 알고 있었다.

물론 이것이 가져올 파장은 결코 무시 할 수 없는 것이겠지만, 그 파장 속에 일월신교가 수면 위로 올라오는 것이 포함되어 있다면 나쁘지 않은 선택이었다.

"확실한 미끼가 있다면 괜찮은 선택이기야 하겠지만, 그동안 그런 이야기는 없으셨잖아요?"

"준비가 부족했으니까."

"그럼 이제 준비가?"

"끝난 셈이지. 나도, 그리고 중원도."

휘의 말에 고개를 끄덕이는 오영들과 달리 나머지 사람들은 긴가민가한 표정들이다.

미끼가 무엇인지 확실히 모르니 당연한 상황이다.

오영들이야 휘가 어떤 선택을 하든 따를 놈들이니.

"중원은 아직 준비가 안 된 것 같은데요? 정도맹만 하더라도 아직 맹주가 정해지지 않은데다, 근래 사파의 움직임도 심상치 않다고 하고요."

"응?"

모용혜의 말에 휘의 시선이 빠르게 그녀를 향한다.

그러고 보니 폐관을 나온 이후 괴검과 연신 비무를 벌이기만 했지 제대로 된 보고를 받은 적이 없었다.

"내가… 실수를 했군."

정보부터 파악을 하는 것은 기본 중의 기본인데 너무 들떴던 모양이다.

이런 사소한 것을 잊다니.

휘의 사과에 모용혜는 괜찮다는 듯 자리에서 일어서더니 곧 현 무림의 상황에 대해 빠르고 간단하게 설명했다.

"정도맹은 아직도 맹주를 정하지 못해서 삐걱대고 있어요. 지금은 신묘께서 어떻게든 균형을 잡고 있지만 빠르게 덩치가 커지고 있으니 얼마나 더 버틸지는 아무도 모르죠. 또한 사파 역시 정도맹 때문에 위기감을 느낀 것인지는 모르겠지만 사파 고수들의 만남이 급격이 늘어나고 있다 합니다."

"사파라…."

"사파끼리도 이권 다툼 때문에 싸우는 일이 빈번한데, 근래 그런 일이 지극히 줄어들었다고 하네요. 그리고 새로운 인물이 등장하기도 했구요."

"새로운 인물?"

"사황(邪皇) 하우성."

"사…황이라고?"

"이제 갓 약관을 지난 어린 나이지만 사파 고수들의 지지가 막강하다고 해요. 사황이란 별호도 그들이 선사했다고 하네요. 이를 보아… 그를 중심으로 사파의 모임이 탄생할 것으로 예측하고 있어요."

"음!"

모용혜의 말에 휘는 입을 다물었다.

설마 자신이 폐관에 든 동안 이런 일이 있었을 것이라곤 예상치도 못했다.

그렇다고 폐관이 길었던 것도 아닌데 말이다.

게다가 자신의 기억에 전혀 없던 인물이 툭하고 튀어나왔다.

'사황 하우성이라? 누구지?'

적어도 자신이 살아있는 동안은 보지 못했던 인물이다. 당시엔 사파는 살기 위해 정도맹과 손을 잡고 무림맹을 결성했지만 여전히 뭉치진 못했다.

헌데 사황이란 자가 나와 사파를 하나로 모으려 하고 있었다.

이것이 과연 휘에게 도움이 될 것인지, 손해가 될 것인지는 시간이 지나봐야 알게 될 테다.

중요한 것은.

'내가 전혀 모르던 인물의 등장인가.'

휘의 입장에서 보자면 가장 중요하게 생각해봐야 하는 부분이었다.

일월신교의 움직임이 달라지는 것은 자신이 나서서 움직였기에 그랬다고 할 수 있다.

그런데 전혀 알지 못하던 인물의 등장은 생각해보지 못한 일이었다.

'물론 내가 모든 인물을 외우고 있는 것은 아니지만, 그만큼의 영향력을 발휘하는 인물이라면 들은 기억이 있어야 하는데?'

곰곰이 생각해보지만 떠오르지 않는다.

떠오르지 않는다 해서 없던 인물의 등장이라 할 수는 없지만… 감이 말해주고 있었다.

그는 전혀 새로운 인물이라고.

어느 정도 머릿속을 정리하자 휘는 모용혜를 보며 물었다.

"그와 자리를 마련해 줄 수 있겠나?"

"사황이요?"

고개를 끄덕이는 휘.

모용혜는 잠시 고민하는 듯, 하더니 고개를 끄덕였다.

"일단 연락은 취해보겠지만, 자리를 마련 할 수 있을지는 모르겠어요. 아직 확실히 밝혀진 것이 없는 인물이고, 사파쪽에서 워낙 끼고 돌고 있어서…."

"괜찮으니까 시도나 해봐줘."

"알겠습니다."

그것으로 오늘 회의는 끝이었다.

본래 다른 이야기를 하려고 했지만, 사황이란 새로운 인물의 등장으로 휘의 모든 것이 쏠리고 있었다.

그것을 눈치 챈 다른 사람들도 큰 의견 없이 헤어진다.

회의실에 홀로 남은 휘의 머리는 사황에 대한 것으로 가득 들어차 있었다.

'새로운 인물인 것은 확실해. 다만 걸리는 것은 아직 젊은 나이에 사파를 아우를 실력을 지니고 있다는 거야.'

젊은 나이에 뛰어난 실력을 가지고 있는 것은 사실 문제가 아니었다.

당장 휘 본인만 하더라도 외부의 시선이 그러하니까.

문제가 되는 것은 사파의 거두들이 그를 따르기 시작했다는 것이다.

잘난 맛에 사는 사파다.

자신과 아무리 친하고 뜻이 맞더라도 이익이 되지 않는다면 옆에서 망하는 꼴을 보고 있는 것이 그들인데.

스스로 나서서 그의 밑을 자처하기 시작했다고?

휘로선 도저히 믿을 수 없는 이야기였다.

'내가 혼란스러울 정도면 다른 사람들도 마찬가지겠군.'

그랬다.

소식을 접한 정도맹에선 사파의 움직임을 예의주시하고 있었다.

단순히 그들이 하나로 모이는 것이 문제가 아니다.

결코 뭉칠 것 같지 않던 그들을 뭉치게 만든 사황에 대해 궁금해 하는 것이다.

그동안 사파에서 걸출한 인물이 배출 되진 않고 있었지만, 무림 역사를 살펴보면 대대로 사파를 아우르며 무림을 호령했던 자들이 없었던 것도 아니다.

다만 극히 드물었다 뿐이지.

'그런 존재가 나타났다는 건가? 그렇다면 내게 무슨 이득이 있을까?'

당장 생각하기엔 이득이다.

금전적인 이득이 아니라 사파를 하나로 뭉치게 만든다는 것은 곧 일월신교에 대항할 힘이 늘어난다는 것이니까.

문제는 그들과 손을 잡을 수 있느냐는 것이다.

전생에서 사파는 일월신교의 파상공세 앞에서 살아남기 위해 어쩔 수 없이 정도맹과 손을 잡고, 무림맹을 결성했었다.

헌데 스스로 힘을 합쳐서 우뚝 서고 난다면 과연 그럴 수 있을까가 문제다.

자칫 그 문제로 내부분열을 일으켜 상황을 악화 시킬 수도 있는 문제다.

당장 기억나는 것만 해도.

살아남기 위해, 이득을 취하기 위해 일월신교에 투항한 사파 무리가 얼마나 많았던가.

시간이 지나며 투항했던 자들이 살아 돌아오지 못했다는 사실이 알려지고 나서야 무림맹에 투항하는 자들이 많아졌었지만.

때는 늦어 있었다.

이미 사파의 힘 대부분을 소모하고 난 뒤였으니까.

결국 이 자리에서 아무리 고민을 해봐도 답이 나오질 않는다.

답을 도출해 내기 위해선 사황이라 불리는 그를 직접 만나는 것 이외엔 방법이 없어보였다.

暗器名家 53章

53 章

푸드득! 푸득!

먼 거리를 날아 도착한 전서응이 날개를 접고 휴식을 취하자, 전서응의 담당자는 녀석에게 물과 음식을 제공하곤 발목에 묶인 전통을 풀었다.

"긴급!"

전통 안에든 붉은 전서를 확인한 그는 재빨리 밖으로 뛰쳐나간다.

긴급 전서의 경우 확인과 동시 확인한 자가 모든 절차를 무시하고 해당 지부의 최고 결정자에게 전달하게 되어 있었다.

그것이 이곳 천탑상회의 본점이라 하더라도 달라지는

것은 없다.

그저 보고해야 하는 대상이 회주인 파세경이 될 뿐.

황급히 달려온 서찰을 문 밖에서 시비가 받아다가 집무실에 가지고 들어온다.

집무실 안에선 면사를 벗고 있기 때문에 그녀의 외모에 적응이 되지 않은 자의 출입은 금지된다.

특히 남자는 말이다.

하던 일을 멈추고 긴급 서찰을 재빨리 펼쳐드는 그녀.

서찰은 대막에서 날아든 것이었고, 그 내용은 결코 가벼운 것이 아니었다.

"그들이 또!"

덜컹!

자리에서 벌떡 일어서는 바람에 의자가 뒤로 넘어가지만 그녀는 개의치 않고 재빨리 사무실을 향했다.

그러면서 자신의 뒤를 따르는 시비에게 명령했다.

"이 시간부로 상회의 중요서류는 전부 암문으로 이동시킨다. 이후 올라오는 서류 역시 마찬가지야. 핵심 인물들도 차례로 암문으로 이동 시키고, 이곳은 일반 지부처럼 당분간 운영한다. 당장 마차를 준비시켜. 기태연과 암문으로 향할 테니까."

"네."

속사포 같은 그녀의 명령을 잘도 알아들은 것인지 뒤를 따르는 시비 중 하나가 빠르게 일행에서 이탈한다.

사무실을 향해 뛰다 시피 달리는 그녀의 뒤에서 접근한 시비 하나가 빠르게 면사포를 파세경에게 둘러준다.

그리고 잠시 뒤.

"가자! 암문으로!"

히이잉!

천탑상회의 깃발을 내건 마차가 빠른 속도로 이동을 시작했다.

"밀교라… 결국 문제를 일으키는 군."

황급히 달려와 서찰을 보여주는 파세경.

서찰을 읽고 난 휘는 고개를 저었다.

그러면서 시선을 돌려 기태연을 바라본다. 그녀의 얼굴은 창백하다 못해 죽은 것이 아닌지 싶을 정도였다.

이번 일에 대해 그만큼 두려움에 떨고 있다는 뜻.

"그리 걱정 할 필요 없어. 전에도 그랬듯 이번 역시 놈들은 중원을 넘보지 못할 테니까. 이곳에 도달하기 전에 놈들을 다시 있어야 할 자리로 보내주지."

힘 있는 휘의 말에도 그녀는 고개를 끄덕일 뿐 제대로 말을 꺼내지 못했다.

당연했다.

상처받은 마음은 쉽사리 치료가 되는 것이 아니니까.

"천탑상회의 일은?"

"이미 이곳으로 옮기도록 명령을 내렸어요. 당분간 신세를 지도록 할게요."

"잘했어. 일이 끝날 때까지 이곳에서 나가지 말고 머물
도록 해. 암영들을 붙여 줄 테니까."

휘의 말에 파세경은 고개를 끄덕이는 한 편 아직도 떨고
있는 기태연의 어깨를 감싸 안는다.

'사황이란 자에 이어서 다시 밀교인가?'

자신이 아는 것과 얼마나 달라진 것인지 이젠 생각하기
조차 싫었다.

생각하면 할수록 자신이 바보가 되는 느낌이니까.

어차피 변한 것이라면 거기에 맞춰서 대응을 하면 된다.
굳이 자신이 아는 것과 비교해가며 머리를 싸잡아 멜 필요
는 없다는 것이 휘가 내린 결론이었다.

여기까지 판단을 내리는데 괜히 오래 걸리고 말았지만.

이젠 앞만 보고 움직인다.

주변의 모든 것을 신경 쓰고 움직이려니 여간 귀찮기도
했지만 집중 할 수가 없었다.

그리고 이번엔 그 집중의 대상이 밀교였다.

사황의 일도 중요한 것은 사실이지만, 밀교를 쳐내는 것
이 먼저라 판단한 것이다.

천탑상회에서 이제 기태연은 없어선 안 될 중요한 인물
이 되었다고 들었다.

암문은 천탑상회의 도움을 수도 없이 받았고, 지금도 받
고 있는 중이다.

그런 그들을 위해 해줄 수 있는 것은 이런 것뿐이니, 할 수 있는 최선을 다하는 것이 옳았다.

"이전하고 비슷한 규모라면 밀교가 상당한 무리를 하고 있다는 것인데…"

상식적으로 생각해도 그랬다.

한 세력의 수뇌가 죽고, 제법 많은 피해를 입은 채 본거지로 돌아간 그들이다.

그럼에도 불구하고 이전과 비슷하거나 더 많은 이들을 이끌고 내려온다는 것은 대단히 무리를 했다는 말과 같다.

이번에도 무너지면.

"밀교는 끝이라 봐야 하겠군."

누구나 그렇겠지만.

무리한 일을 해서 성공을 한다면 많은 이득을 가질 수 있겠지만, 실패한다면 가진 모든 것을 잃게 된다.

자칫하면 자신이란 근본까지도.

휘는 밀교가 그리 될 것이라 생각했다.

이전 놈들이 쳐들어왔을 때와는 상황이 많이 다르기 때문이다.

정도맹은 맹주가 없다 뿐이지 어느 정도 돌아가고 있었고, 사파도 사황이란 자를 중심으로 합치려 하고 있었다.

이런 시기에 밀교의 침략은 어쩌면 두 세력 모두에게 좋은 기회가 될 수 있는 일이다.

정도맹은 맹주를 뽑을 것이고.

사파는 자신들끼리 힘을 뭉친 세력을 세울 것이다.

자신이 나서지 않아도 놈들은 얻는 것보다 잃는 것이 많은 싸움이 될 것이라 휘는 확신했다.

'목표는 역시 기태연이겠지.'

놈들의 생각이 뻔히 보인다.

놈들이 그토록 애타게 찾는 니르바나다.

저들 입장에선 중원에 빼앗겼다 생각 할 것이 뻔하니⋯ 그녀를 되찾으려 나선 것이 분명했다.

툭툭.

검지로 볼을 두드리는 휘.

곤륜은 놈들을 막을 힘이 없다.

오히려 재건 중이던 본산을 버리고 다시 숨어야 할지도 몰랐다.

허면 밀교의 진행 속도는 상당히 빠를 것이 분명하다.

"비장의 한 수도 있겠지?"

암영들에 된 통 당했던 놈들이다.

그런 놈들이 아무런 준비도 하지 않을 리 없다.

"나도 준비를 좀 해야 한다는 건데⋯."

길게 생각할 것도 없다.

파세경들을 호위할 인원으로 화령을.

암문을 지킬 인원으로 사마령을 지정하면 될 일이다.

파세경의 상황상 같은 여인인 화령이 지키는 것이 나을

것이고, 사마령은 괴검과의 싸움에서 회복한 것이 얼마 되지 않았다.

남은 세 개조로도 충분히 가능할 것이라 생각했다.

더욱이 이번엔 암문만 나설 것이 아니란 확신이 있으니 더더욱.

"남은 인원은…."

차돌은 천마신교에 볼일이 있다며 잠시 돌아갔고, 화소운은 얼마 전 깨달음이 있었던 듯 폐관에 들어갔다.

괴검이야 명령을 하면 함께 움직일 것이고.

남은 건 태양신군 뿐.

하지만 그의 성격상 태양신군은 이곳에서 움직이지 않을 확률이 높았다.

만약을 위해서라도 태양신군 같은 고수가 암문을 지키고 있는 것도 나쁘지 않다.

"의외로 많지 않네?"

다들 자신의 일을 찾아 움직이다 보니 함께 갈 인원이라곤 괴검 뿐이다.

하지만 이마저도 잠시 후 생각을 바꿔야 했다.

"음… 좀 쉬고 싶은데?"

그 한마디 때문이었다.

물론 억지로 명령을 내린다면 함께 가겠지만 굳이 그럴 필요까진 없다 생각했기에 그가 하려는 대로 놓아두기로 했다.

결국 암문을 나선 것은 휘와 백차강, 도마원, 연태수와 그들이 이끄는 암영들 뿐.

이들만 하더라도 어지간한 문파는 하룻밤 새 없애버릴 실력을 지니고 있지만 어딘지 모르게 허전한 것 또한 사실이다.

어느새 사람이 곁에 있는 것이 익숙해진 것이다.

처음 돌아왔을 때 주변에 암영들을 제외하면 누구도 두지 않았던 것을 생각하면 장족의 발전이나 마찬가지였다.

"정도맹과 발을 맞추는 것보다 단독으로 움직이는 것이 나을 것 같긴 한데…."

정도맹에선 분명 저번과 같은 실수를 하지 않기 위해 적극적으로 나설 것이 분명했다.

그렇기에 필요하면 그들과 보조를 맞추면 괜찮겠지만.

역시 남들과 함께 움직이는 것이 그리 익숙하지 않았다.

언젠가는 함께 해야 하겠지만 당장은 암영들과 함께 움직이는 편이 훨씬 더 폭넓은 움직임을 가질 수 있을 것이다.

게다가 아직 맹주가 정해지지 않은 상황이니 움직인다 하더라도 내부적으로 잡음이 많을 것이 뻔한 상황.

"이런 상황에서 합류해서 좋을 것이 없겠지."

결국 단독으로 움직이는 것으로 결정한 휘의 발걸음이 청해를 향해 빠르게 움직인다.

밀교의 전력은 거침없이 청해로 파고들었다.

그들을 막을 수 있는 무림문파는 적어도 청해엔 존재하지 않았다.

청해의 지배자로 불리던 곤륜이 무너졌고, 다른 대형 문파들 역시 이전의 싸움으로 무너졌다.

무주공산.

제대로 된 싸움 한 번 하지 않고 청해를 손에 넣은 밀교는 거기서 멈추지 않았다.

처음부터 확실한 목적을 두고 움직인 밀교다.

그렇기에 굳이 다른 싸움을 펼칠 필요가 없다 판단했기에 이전과 달리 그들은 큰 마찰 없이 청해를 빠져 나가려 했다.

하지만 정도맹은 그럴 생각이 없었다.

이진엔 이런지런 이유로 빠르게 움직일 수 없었지만 이번엔 달랐다.

놈들의 침입이 알려짐과 동시 정도맹은 발빠르게 움직였다.

사천과 감숙에서 동원 할 수 있는 모든 무인을 동원하여 청해에서 저지선을 만들었다.

또한 빠른 속도로 그들을 지원하기 위해 각 문파에 정예들을 차출하여 청해로 움직이게 하고 있었다.

미리 연습이라도 했던 듯 물 흐르듯 부드러운 움직임.

맹주가 없는 상황이라곤 믿을 수 없을 정도.

이런 모습을 만들기 위해 군사인 신묘가 얼마나 노력을 했을 것인지 보지 않아도 알 수 있을 것 같다.

"제법이긴 하지만 아직 멀었네."

저 멀리 보이는 정도맹 무인들을 보며 혀를 차는 휘.

드넓은 평야에 천막을 치고 저지선을 구축한 그들.

멀리서 보면 대단히 많은 무인들이 모이며 큰 힘을 발휘할 것 같지만 조금만 그 속을 들여다보면 달랐다.

큰 울타리에는 함께 들어갔지만 서로 생활하는 영역도, 어울리는 무리도 달랐다.

밖에서 지켜 보만 있어도 크게 세 무리로 나뉘고 있음을 알 수 있다.

구파일방과 오대세가.

그리고 중소문파.

섞일 듯 섞이지 않는 그들을 보며 휘는 고개를 내저었다.

머릿수는 많지만 저런 상태라면 밀교와 맞붙어 이길 수 있을 리 없었다.

오히려 크게 당하지 않으면 다행이다.

'그래도… 여기서 기다리는 것이 제일 나은 방법이긴 한데.'

합류하진 않았지만 휘가 이곳에서 저들을 지켜보는 이유는 하나.

이 방식이 밀교를 상대하기에 편하기 때문이다.

놈들의 많은 머릿수는 아무리 휘라 하더라도 부담스러운 것은 사실이다.

그렇다면 기왕 놈들과 싸우기 위해 준비하고 있는 정도맹 무인들을 이용하는 것이 나을 것이라 판단한 것이다.

저들이 싸워서 이기든 지든 상관은 없었다.

휘가 바라는 것은 하나.

충분한 시간을 끌어주는 것이니까.

저들이 많은 머릿수를 붙들어 두고 있을 때, 암영들을 이끌고 지휘부를 타격한다.

그것이 휘의 계획이었다.

전생에서 곧잘 하던 방법 중 하나로 은밀함에 있어선 누구보다 뛰어난 암영들을 데리고 쓸 수 있는 최고의 패였다.

'견제를 당할 수도 있는 방법이니 최대한 숨기긴 해야겠지만.'

일월신교의 검으로서 무작정 휘둘릴 때와는 다르기에 석절히 힘을 숨길 줄 알아야했다.

너무 뛰어난 실력은 때론 배척을 받을 수 있으니까.

그리고 그때.

두두두!

저 멀리서 밀교 무인들이 모습을 드러낸다.

정도맹이 먼저 자리를 튼 이곳을 피할 수 있음에도 그러지 않고 당당히 모습을 드러낸 것이다.

그와 함께 휘의 시선이 한쪽으로 향한다.

그곳에.

자신을 바라보는 두 늙은이가 있었다.

❖

"캬하하하! 것봐 내가 여기로 오면 찾을 수 있을 거라고 했지? 역시 연륜은 속이지 못하는 거다, 동생아!"

"빌어먹을 새끼! 왜 하필 여기에 있어서 동생이 되게 만드는… 어? 나 원래 동생이지?"

"그러니까 내가 형. 이지?"

말을 하다 말고 이상하게 구는 두 사람.

마치 휘는 안중에도 없다는 모습을 보이는 그들을 본 순간 휘는 놀라지 않을 수 없었다.

두 마리의 혈룡을 부리는 것으로 엄청난 힘을 얻었다고 생각했다.

아니, 실제로도 강한 힘을 손에 넣었다.

당장 일월신교의 상황을 생각해보면 괴검 이상의 실력자를 만나는 것은 훗날의 이야기라 생각했는데.

'저런 괴물들이 대체 어디서…?'

휘마저 깜짝 놀라게 한 두 사람.

광혈쌍마였다.

밀교무인들보다 빨리 출발했고, 월등히 빠른 속도로

움직일 수 있는 그들이 이제야 이곳에 모습을 보인 것이
다.

"에잇! 이게 다 형, 때문이야! 괜히 길을 잃어가지고 맛있
는 걸 먹지도 못하고 뭐야 이게!"

"그게 왜 나 때문이냐! 네놈도 한몫 했으면서!"

이젠 아예 적을 내버려 두고 투닥 거리는 둘.

정작 그 모습을 보고 있는 휘는 크게 긴장하며 언제든 움
직일 수 있도록 조용히 경직된 근육을 풀었다.

숨길 것도 없다는 듯 강렬한 기세를 내뿜는 둘.

그들에게서 느껴지는 기세는 괴검 그 이상의 것이다. 그
것도 각자가 말이다.

비록 생김새는 조금 다르지만 저들이 쌍둥이라는 것을
알아차리는 것은 그리 어렵지 않은 일이고.

'그 말은 합격술에 조예가 깊다는 거겠지. 그렇지 않고
서야 굳이 붙어 다닐 필요가 없을 테니.'

마른 입술을 혀로 축이며 둘을 주시하는 휘.

– 괜찮으시겠습니까?

근처에서 몸을 숨긴 채 있던 백차강의 전음에 휘는 고개
를 끄덕인다.

무척 강한 상대기에 암영들을 내보낼 순 없었다.

저들의 실력이라면 제 아무리 암영들이라 하더라도.

단숨에 썰려버릴 테니까.

그리고 마침내 정신을 차린 것인지 두 사람이 웃으며

나무 위에서 내려섰다.

"캬하하하! 이거 기다리게 해서 실례!"

"그래도 괜찮지 않아? 살아있는 시간을 늘려 준 것인데!"

"어? 그렇게 생각하면 우리가 은혜를 베푼 셈이네?"

"그렇지! 그러니까."

"순순히 니르바나를 내놔. 네놈이지? 우리의 보물을 훔쳐간 것이."

움찔, 움찔.

언제 분위기를 바꾼 것인지 둘의 몸에서 뿜어져 나오는 살기가 연신 피부를 찌른다.

감당이 되지 않을 것 같은 살기지만 휘는 덤덤히 받아 넘겼다. 그 모습에 눈을 빛내는 둘.

"호? 역시 제법이네."

"밀교주 그놈이 우릴 꺼낸 이유가 다 이놈 때문이겠지. 그래도 대단하지 않아? 찍었는데 맞췄잖아."

"…그래도 형은 나야!"

"누가 뭐래?!"

어느 샌가 투덜대는 둘.

– 거리를 벌려라. 그리고 계획대로 싸움이 시작되면 수뇌를 공격한다. 백차강. 네게 맡긴다.

– …존명.

짧은 침묵 끝에 대답이 들려오고 휘의 곁을 지키던 암영들이 조용히 물러선다.

"응? 뭐야 덤비는 거 아니었어?"

"빈틈을 내줬더니 튀는 거야? 요즘 중원 놈들은 눈치만 빨라가지고선."

"그래도 저 놈은 실력이 있잖아."

"그건 그래도… 기분 나쁜 건 사실이잖아."

"됐고. 빨리 처리하자. 이제 시간이 그리 많지 않아."

형 상현의 말에 동생 하현이 입을 삐죽이며 고개를 끄덕인다.

스릉, 스르릉.

어느새 품에서 꺼낸 것인지 소검보다 조금 긴 것 같은 검을 손에 쥐는 둘.

양손에 쥐었으니 보이는 검만 네 개다.

날카로운 예기를 뿜어내는 검들을 보며 휘도 천천히 혈룡검을 뽑아 들었다.

우우웅-.

용음을 토해내는 녀석.

그와 함께 단전에서 기지개를 켜는 두 마리의 혈룡.

쿠오오오!

사방을 휘어잡는 강력한 기의 파동에 광혈쌍마의 안색이 굳어진다.

"실력을 감추고 있었던 모양이네."

"그 정도도 몰라보면서 무슨 형이라고."

"너 잘났다. 그래서 뭘래?"

형의 물음에 오랜만에 진지한 얼굴로 하현은 고개를 저었다.

"우리가 아니면 절대로 처리 못할 놈이야. 마음에 들진 않지만 밀교의 미래를 위해서라도… 여기서 죽여야지."

"역시 그렇지? 어쩌면 그곳으로 돌아가서 죽겠다는 우리의 꿈은 이루어지기 어려울 지도 모르겠다, 동생아."

"일단 해보는 거지."

우우웅!

말이 끝나기 무섭게 두 사람의 몸에서 이제까지와 비교할 수 없는 기운이 터져나온다.

그 강렬함에 휘는 주저 없이 혈룡을 풀어 내었고.

파지직! 파직!

쿠오오오!

둘. 아니 세 사람의 기운이 사방에서 충돌을 일으키기 시작했다.

선명한 붉은 빛의 휘의 기운과 검은 묵 빛의 광혈쌍마의 기운이 벌이는 싸움이 얼마나 치열했냐 하면, 부딪칠 때마다 주변의 것들을 부숴버리고 있었다.

단순히 기의 충돌이 어지간한 무인들의 충돌보다 큰 파괴력을 보이는 것이다.

서로 지지 않으려 벌이는 기싸움.

하지만 이것은 시작에 불과했다.

"자… 놀아보자고."

상현의 말과 함께 그의 신형이 일순 휘를 향해 큰 몸짓으로 달려들고.

하현의 신형이 형의 몸 뒤로 모습을 감춘다 싶더니.

그 흔적도 남지 않는다.

기척조차도.

촤악!

상현의 공격이 들어온다 싶은 순간 휘는 왼쪽으로 빠르게 몸을 빼며 허공에서 발을 굴렀다.

마치 알고 있었다는 듯 하현의 검이 방금 전까지 휘의 발이 있던 곳을 스쳐 지나가고, 상현의 검이 휘의 뒤를 쫓는다.

스팟! 팟!

빠르게 움직이며 둘의 위치가 바뀐다.

때론 상현이, 때론 하현이.

머리가 어지러울 정도로 빠른 공격의 변환.

어지간한 실력자라도 단숨에 목이 떨어져 나갈 것 같은 날카로운 공세 속에서.

휘는 버티고 있었다.

혈룡검을 휘두르지 않고 오직 몸놀림으로만 둘의 공격을 완벽하게 피하고 있었다.

마치 공격을 읽어내기라도 하는 듯 말이다.

결국 일각이 채 되기 전에 두 사람이 물러섰다.

"저 놈이 대단한 거야? 우리가 퇴보 한 거야?"

"내 눈이 정확하다면 저 놈이 대단한 거지. 어디서 저런 놈이 나왔지?"

신기한 눈으로 자신을 바라보는 광혈쌍마를 보며 휘는 호흡을 정돈한다.

겉으론 멀쩡해 보이지만 제대로 숨을 쉬지도 못하고 짧게 끊으며 움직여야 했기에, 체력 소모가 보통이 아니었다.

광혈쌍마의 합격술은 휘가 본 누구보다 대단했다.

조금만 길게 호흡을 가져가며 몸을 빼려고 하면 틈을 놓치지 않고 검이 날아든다.

그렇기에 휘는 짧게 호흡을 가져가며 쉴 틈도 없이 움직여야 했다.

혈룡검을 쓰지 않은 것이 아니었다.

쓸 틈이 없었다는 것이 더 맞는 말이었다.

'대체… 누구지?'

사황에 이어 또 모르는 인물들의 등장이었다.

하지만 깊이 생각하진 않았다.

지금은 싸움 중이었고, 다른 생각을 할 만한 여유가 없었다. 게다가 앞만 보고 가기로 이미 마음을 굳히지 않았던가.

저들이 누구인지는 중요하지 않았다.

중요한 것은 저들이 적이라는 것과 목숨을 건 싸움을 하는 중이라는 것이다.

죽이지 않으면 죽는다.

그 간단한 논리 속에 휘는 점점 싸움에 집중하기 시작했
다.

暗歸右歌 54 章

54 章

　눈앞을 스쳐지나가는 검을 신경 쓸 틈도 없이 재빨리 허리를 튕기며 몸을 허공으로 날린다.

　스컥!

　언제 다가온 것인지 하현의 검이 휘가 있던 자리를 베고 지나가고.

　툭!

　휘의 손이 상현의 어깨를 짚더니 빠르게 그의 뒤편으로 몸을 옮긴다.

　눈 깜짝 할 사이에 벌어진 일이지만 이미 여러 번이나 벌어졌던 일이라 그들은 놀라지 않고 침착하게 다시 휘를 압박해 온다.

광혈쌍마의 무서운 점은 어떤 상대든 완전히 쓰러질 때까지 압박을 한다는 것이다.

압박이라는 것은 당하는 사람의 입장에선 짜증도 일어나지만 숨을 쉴 수 없을 정도로 답답해진다.

이걸 이겨 낼 수 있다면 모르겠지만, 그러지 못 할 경우엔 스스로 무너질 수도 있었다.

하지만 휘는 잘 버텨내고 있었다.

버텨 낼 뿐만 아니라 어떻게든 반격을 위한 틈을 노렸다.

'분명 대단해. 쉴 틈이 없을 정도로 하지만… 그것 뿐이야.'

정신없이 피하기만 하더니 이젠 공격을 피하면서 머리를 굴릴 수 있게 되었다.

그러면서 가장 먼저 파악한 것은 두 사람의 연계였다.

분명 둘의 연계는 완벽했다.

설령 검제라 하더라도 둘의 연계를 버티지 못하고 무릎을 꿇어버릴 것이다.

그만큼 강력한 힘을 발휘했지만.

그뿐이었다.

따로 떼 놓아도 둘은 강하다.

천하에 그 적수를 쉬이 찾을 수 없을 정도로.

헌데 그런 두 사람이 모이자 그 힘이 반감되었다. 이유는 간단했다.

서로의 움직임을 생각하다 보니 마음껏 힘을 발휘하지

못했기 때문이었다.

이제까진 그런 걱정 없이 적들을 해치웠을 것이다.

둘의 연계를 버텨내는 자가 없었을 테니.

스컥!

머리 위로 지나가는 검.

머리카락 몇 올이 잘리며 흩어진다.

매서운 공격에 이은 몸을 감추었던 하현의 공격.

이전처럼 어렵지 않게 몸을 피해내는 휘.

또 다른 약점은 휘에겐 보였다.

다른 무인들에게 이것은 약점으로 보이지 않을 테지만, 오직 휘이기에 둘의 약점으로 볼 수 있는 것.

바로 은밀성이었다.

서로 위치를 바꿔가며 상대의 눈을 현혹하고 은밀성을 적극 이용하여 시선을 빼앗은 상대의 사각을 노린다.

이것이 두 사람의 연계가 가지는 기본 방향이다.

헌데 그 은밀함이 휘에겐 통하지 않으니 당연히 공격이 통 할 리가 없었다.

은밀함으로는 세상 누가 와도 휘의 상대가 되지 못한다.

암영들의 수장.

암군이라는 이름을 가진 그에겐.

'이제 슬슬 틈이 보이기 시작한다.'

단순히 버티고만 있었던 것은 아니다.

휘는 끊임없이 두 사람의 연계를 살피고 반격을 틈을 살 폈고 이제 그 결과가 서서히 드러나고 있었다.

광혈쌍마의 연계는 부드럽고 빠르다.

처음엔 휘도 생각지 못했는데 오랜 시간 지켜보면서 의외의 약점을 찾을 수 있었다.

바로 상대의 눈을 현혹시키기 위해 두 사람의 위치를 바꾸는 과정에서 드러나는 헛점.

아주 찰나의 순간이긴 하지만.

둘의 신형이 교차하고 공격에 나서는 짧은 순간 무방비가 될 것 같은 순간이 있었다.

무방비라곤 하지만 둘의 실력 정도라면 큰 상처를 입히는 것은 불가능한 일.

'상처는 입힐 수 없겠지만. 더 이상 함께 공격에 나설 수는 없겠지.'

휘가 노리는 것은 그것이다.

일단 한 번 어긋나면 제 아무리 오랜 세월 손을 맞춰왔다 하더라도 단번에 고칠 순 없다.

한 번 파고든 약점을 두 번 노리지 말라는 법도 없으니.

결국 한 번의 공격으로 둘의 연계는 끝을 고하게 될 것이 분명했다.

상현과 하현이 위치를 바꾸고.

하현의 손에 들린 두 자루의 검이 날카롭게 찔러 들어온다.

'지금!'

목과 심장을 노리고 날아드는 검을 휘는 이번엔 피하지 않았다.

이전과 같이 뒤로 피할 것이라 생각했는데 반대로 휘가 반걸음 앞으로 다가오자 하현이 움찔한다.

피할 것으로 보고 공격을 길게 가져갔기 때문.

덕분에 텅 비어버린 가슴.

짧은 순간이지만 휘는 거침없이 그의 가슴을 어깨로 밀어치곤 재빨리 왼편으로 몸을 날렸다.

텅!

슈칵!

하현이 뒤로 밀려나고 방금 전까지 휘가 있던 자리를 향해 하늘에서 상현이 떨어져 내리며 검을 휘두른다.

동생의 위기에 재빨리 모습을 드러낸 것이다.

"빌어먹을!"

"미친놈이네."

동시에 욕을 토해내는 둘.

광혈쌍마의 얼굴 가득 허탈함이 드러난다.

방금 전 휘의 일격이 어떤 의미를 가지는 것인지 누구보다 잘 알고 있는 것이 둘이었다.

"안 되겠지?"

"그렇지."

"하! 이런 애송이한테 당할 줄은 몰랐는데."

"미친 거지. 저놈이나 우리나."

하현의 뼈 있는 말에 상현은 고개를 끄덕이며 한 발 앞으로 나선다.

"내가 먼저 한다."

상현의 말에 하현은 뒤로 슬쩍 물러섰다.

두 사람의 합격진이 무용지물이 되었으니 이젠 한 사람씩 나서서 본신의 실력을 보여줘야 할 때다.

그 사이 호흡을 조절하며 재빨리 내공으로 몸 안의 피로를 풀어준 휘는 잔뜩 긴장했다.

이제부터 진짜 싸움이 시작될 것이기 때문이다.

우웅, 웅.

혈룡검 역시 그것을 아는 것인지 울음을 토하고.

저벅, 저벅.

무심히 앞으로 걸어 나온 상현이 휘를 향해 물었다.

"네놈! 이름이 뭐냐? 난 상현이라고 한다! 저 놈은 하현. 우리 둘을 합쳐 오래 전엔 광혈쌍마란 이름으로 불린 적도 있었지. 네놈은 잘 모르겠지만!"

상당히 강한 자부심이 섞인 그의 말.

조용히 그를 보던 휘가 답했다.

"장양휘."

저들은 자격이 충분했다.

아니, 차고 넘친다고 해도 될 정도다.

"장양휘? 재미있는 이름이로군. 네놈의 실력이 뛰어난

것은 잘 알았다. 솔직히 약점을 찌르고 들어올지도 몰랐고.

하지만 이제부터가 시작이라는 것은 네놈도 잘 알겠지?"

"물론."

"우린 함께해도 강하지만. 따로 움직일 땐 더 강하지."

위잉.

작은 떨림과 함께 상현의 검 위로 묵 빛의 검강이 만들어

진다.

양손에 들린 검은 검강으로 인해 이젠 장검에 가까운 모

습을 취하게 되었고, 휘 역시 혈룡검에 내공을 가득 불어

넣었다.

우웅!

혈룡검 위로 떠오르는 붉은 검강.

둘 모두 내공으로 강제로 만들어내는 것이 아닌, 진짜 검

강이었다.

깨끗하고 투명한.

잡티하나 섞이지 않은 검강을 보며 고개를 끄덕이는 상

현.

"그래, 다시 시작해 볼까?"

스르륵.

말이 끝나기 무섭게 천천히 움직이는 상현의 신형.

지금까지와 달리 그의 움직임은 아주 독특했다.

발바닥을 중심으로 좌우로 흔들리기 시작하는 몸. 마치

바람에 흔들리는 나뭇잎 같은 모양새다.

조금씩 부드럽게 다가서는 그를 향해 휘 역시 조심스럽게 발을 내딛는다.

자세를 낮추고 혈룡검을 반쯤 들어올렸다.

언제 어떤 자세로든 움직일 수 있도록.

스슥.

슥.

별 다른 움직임 없이 서로간의 거리를 좁혀만 간다.

혈룡검의 길이가 좀 더 기니 제공권은 휘가 앞서지만 검강을 다루는 고수들이니 만큼 큰 의미는 없다.

늘리고자 한다면 내공이 되는 한 한 없이 늘릴 수 있을 테니까.

결국 중요한 것은 유효한 공격을 넣을 수 있는 위치.

둘의 사이가 겨우 삼 척에 불과할 정도로 가까워졌을 때.

상현의 공격이 시작되었다.

카카칵!

땅을 긁으며 솟아올라오는 왼손의 검과 달리 거의 동시에 가까울 정도로 오른쪽에서 왼쪽을 향해 휘둘러지는 오른손의 검.

인간의 육신이 힘을 줄 수 있는 방향은 정해져 있다.

그 정해져 있는 방향이 겹치는 곳을 향해선 동시에 힘을 주기 어려운데, 지금 그의 자세처럼.

'시간차!'

왼손의 검을 왼편으로 반쯤 몸을 회전시키는 것으로

피해내고, 즉시 다리를 찢으며 주저앉으며 허리를 숙이자 머리 위로 오른손의 검이 지나간다.

스커컥!

허공을 가르는 파공성이 날카롭기 그지없다.

텅 비어버린 그의 복부를 향해 휘는 재빨리 혈룡검을 들어 찔러 넣었지만, 부드럽게 상체를 흔들어 피해내는 그.

그것이 시작이었다.

마치 바람을 타고 흔들리듯 쉬지 않고 좌우로 움직이는 상현의 몸은 유연하기 그지없다.

공격도 공격이지만 회피 동작까지.

그야 말로 물 흐르듯 이어지는 동작에 휘 역시 쉽사리 반격을 가하지 못할 정도였다.

쩌엉!

둘의 검이 부딪치자 굉음과 함께 전달되는 막대한 힘.

그것을 세대로 해소할 틈도 없이 재빨리 고개를 숙이자 머리 위로 또 하나의 검이 지나간다.

끝도 없이 회전하며 날아드는 공격은 휘 조차 놀랄 정도.

빈틈이 없는 것은 아니지만 특유의 동작으로 잘도 피해내고 있었다.

콰콰콱!

뒤편에 날아가 처박히는 검강.

연신 검강을 발출하는지라 사방은 이미 초토화 상태.

꽤 떨어진 거리라곤 하지만 이 정도 소란이면 정도맹 무인들이 눈치를 챌 법도 하건만 누구하나 이곳에 올라오지 않는다.

이유는 하나다.

이곳의 소란을 밀교에서도 알아차렸기 때문이다.

그와 동시 정도맹을 향한 공격을 시작한 밀교.

누가 보더라도 이곳의 싸움에 관여하지 못하도록 하기 위한 견제공격이었다.

본격적인 싸움이 아니라는 것은 전장 곳곳에서 표시가 난다.

적절히 치고 들어가다 빠지는.

전선을 유지하는 선에서 정도맹 무인들을 흔들어 놓는다. 그것만으로도 밀교로선 충분한 일이었다.

그렇다고 휘도 아쉬울 것은 없다.

처음부터 저들의 도움은 바라지도 않았으니까.

이런 상황에서 돕겠다고 나서도 그건 그것 나름대로 곤란한 일이니까.

카카칵!

이번엔 반대로 상현이 양손의 검을 교차하며 휘의 내려치는 공격을 막아낸다.

귀를 찌르는 소음과 온 몸에 전달되는 묵직한 힘.

쿠오오오!

두 마리의 혈룡은 이제 대놓고 그 모습을 보이며 상현을 압박하고 있었다.

아니, 혈룡이 풀렸다는 것은 휘가 전력으로 상현을 상대하고 있다는 증거다.

명백한 증거.

평상시라면 놈들이 날뛰는 것을 막고 있었을 테니까.

쩌정, 쩡!

찰나의 순간 치열한 공방이 수차례 이어지고, 호흡을 위해 휘가 뒤로 물러선다.

'쉽지 않아. 만약 깨달음이 없었더라면….'

벌써 싸움이 끝났을 것이다.

자신의 죽음으로.

그만큼 상현은 강했다.

최하로 잡아도 괴검과 동등한 수준이고, 검을 겨뤄본 입장에선 괴검 이상이라 할 수 있었다.

특히 혼자 나선 상현은 마음껏 검강을 발휘하며 거침없이 검을 휘둘렀다.

휘 역시 노련하게 공격을 피하거나 막고 있지만, 결코 좋은 일은 아니다.

상현의 뒤엔 아직도 한 사람이 더 남아 있으니까.

그를 계산에 넣지 않을 수 없는 입장인 것이다.

"캬하하하! 좋아! 이래야지! 이거야 말로 진짜 싸움이지!"

어느새 웃음을 터트리며 폭발적인 움직임으로 휘를 공격

해오는 상현.

동작이 커졌지만 그만큼 빠른 몸놀림으로 약점을 채워간
다.

워낙 빠르고 강한지라 휘도 한번씩 휘청이며 물러설 정
도였다.

'좋은 상황은 분명 아니지만… 그렇다고 나쁘지도 않아.'

"흡!"

즈컥!

날카롭게 휘둘러진 혈룡검을 고개를 숙여 피하는 상현.

그의 머리카락 몇 올이 휘날리는 틈을 타 숙여진 놈의 얼
굴을 향해 휘의 무릎이 빠르게 차오 올라왔지만.

턱!

휘익!

어느새 자세를 낮춰 검을 휘두르는 그.

무릎이 잘리는 것은 사양이기에 휘는 재빨리 무릎을 회
수하며 뒤로 몸을 피해야 했다.

일진일퇴의 공방.

아니, 엄밀히 말하자면 휘가 조금씩 밀리는 싸움이었다.

둘의 실력은 비등했다.

솔직히 상현이 아주 조금 앞서고 있는 상황.

그의 공격을 막을 때마다 몸에 축척되는 피로는 아무리
내공을 사용해도 쉽게 풀어 낼 수 없었고, 이젠 그 영향이
몸 밖으로 표출되기 직전이었다.

이렇게 되기 전에 승기를 잡아보려 했지만 상현은 노련하게 휘의 상황을 눈치 채곤 시간을 끌며 몸을 피해버린다.

시간은 걸리지만 확실한 승리를 택한 것이다.

"쯧!"

"캬하하하!"

혀를 차는 휘와 달리 크게 웃는 상현.

그 웃음소리가 짜증을 불러일으킨다.

웅웅.

짜증을 내는 것인지 혈룡검이 연신 울음을 토해내지만 휘도 막막하긴 마찬가지다.

할 수 있는 모든 것을 펼치고 있지만 놈은 기가 막힌 움직임을 바탕으로 완전히 몸을 빼고 있었다.

분명 발은 움직이지 않고 있는 것 같은데, 실제론 상상도 할 수 없을 정도의 움직임을 보인다.

대체 어떻게 이런 움직임이 가능한지 알아보고 싶을 정도로.

시간이 있다면 느긋하게 생각해보겠지만.

'빌어먹을!'

그 시간이 없었다.

생사가 오가는 싸움 도중이었으니까.

상현의 검이 움직여 머리를 노릴 때마다 피해내긴 하는데 그때마다 머리카락이 조금씩 잘려나간다.

이런 식으로 싸움을 계속하다간 남아나는 머리가 없을 것이라 생각하며 어떻게든 반격의 틈을 노리는 휘.

카카칵!

다시 한 번 혈룡검을 타고 흐르는 그의 검.

순간 드러나는 빈틈을 노리고 왼 주먹을 꽂아 넣으려다 재빨리 물러선다.

어느새 그의 또 다른 검이 주먹을 노리고 날아들고 있었던 것이다.

즈컥!

날카롭게 허공을 가르는 소리가 들려오고.

으드득!

이를 악문 휘는 승부수를 띄웠다.

큰 차이가 없음에도 그에게 이렇게까지 밀리는 가장 큰 이유를 내려놓기로 마음먹은 것이다.

스르릉.

딸칵!

바로 혈룡검이다.

혈마공과 궁합이 뛰어나고 자신의 내공을 완벽하게 버텨 낸다는 점 때문에 근래 자주 사용하긴 했지만 기본적으로 휘는 검사가 아니었다.

본래 휘는 무기보다 자신의 육체를 무기로 삼아 움직이는 것이 능숙한 자였다.

당연한 이야기다.

어지간한 무기보다 더 질기고 튼튼한 몸을 두고 굳이 무기를 들 필요성을 못 느꼈으니까.

전생에선 더 그랬었고.

"후우, 후우!"

숨을 가다듬으며 몸 안에서 날뛰던 혈룡들을 진정시킨다. 온 몸 가득 충만함을 느끼는 것은 좋지만 때론 그것이 몸의 감각을 방해하기도 한다.

그 점을 휘는 깨달은 것이다.

"캬하하하… 이거 재미있군. 정말 재미있어."

자신과의 싸움을 거치는 그 짧은 시간동안 또 다시 성장한 모습을 보여주는 휘를 보며 상현은 온 몸에 소름이 돋는 것을 느꼈다.

어찌 그러지 않을 수 있겠는가.

자신들이 평생에 걸쳐 이룩한 경지를 저 젊은 나이에 이룬 것도 대단한데 아직도 그 끝을 보이지 않고 있음이니.

"살려두면 정말 안 될 놈이로구나."

상현도 이젠 생각을 바꾸었다.

본래 니르바나를 다시 되찾아주고 최대한 멀쩡히 돌아가려 했었다. 물론 휘를 보는 순간 무사할 수 없을 수도 있다는 것을 깨달았지만.

그래도 살아 돌아갈 수 있을 것이라 생각은 할 수 있었는데, 이젠 아니었다.

이곳에서 죽는 한이 있어도 놈은 죽여야 했다.

살려서 보내선 안 되었다.

밀교의 미래를 위해.

우우웅!

드드드.

상현의 몸에서 막대한 살기와 함께 거친 기운이 쏟아져 나오기 시작했다.

더 이상 뒤를 생각하지 않겠다는 뜻.

쿠오오오!

휘 역시 그냥 있지 않았다.

더욱 많은 내공을 끌어올렸고, 반갑다는 듯 혈룡들이 괴성을 내지른다.

우웅, 웅.

붉은 강기가 몸 전체에 퍼져나가기 시작하더니, 곧 온 몸을 완벽하게 둘러싼다.

마치 얇은 옷이라도 입은 듯.

완성과 함께, 휘가 먼저 몸을 날린다!

파앗!

수비적인 모습을 벗어 던지고 휘는 거침없이 상현을 향해 달려들었다.

눈을 현혹하는 움직임은 없다.

대신.

무엇보다 빠른 움직임이 있을 뿐!

우웅! 웅!

두 주먹에 막대한 기운이 집중되고!

"하앗!"

떠더덩!

쾅!

거침없이 주먹을 휘두르는 휘!

무작위로 휘두르다 시피 하지만 막대한 힘이 실린 만큼 상현 역시 무시하지 못하고 빠르게 몸을 흔든다.

떠덩!

휘의 주먹과 상현의 검이 부딪쳤음에도 마치 쇠가 부딪친 것 같은 소리가 울린다.

강기를 몸에 둘렀기 때문이기도 하지만 휘의 육체가 그만큼 강하다는 증거기도 하다.

우웅, 웅!

'무슨 몸이!'

놈과 부딪치는 순간 상현의 얼굴이 일그러진다.

아무리 몸에 강기를 둘렀다지만 검을 통해 전달되는 느낌은 놈의 몸이 어마어마하게 튼튼하다는 것.

머릿속이 어지러워지는 순간!

투확!

허공을 뚫고 놈의 주먹이 날아들었다.

일격에 머리통이 터져나갈 수 있는 위험에 재빨리 상체를 흔들어 피해내지만, 휘에게 주도권을 내주는 것만큼은 어쩔 수 없다.

주도권을 쥐게 된 휘는 쉬지 않고 공격에 공격을 거듭했다.

두 주먹을 연신 내 뻗었고, 두 발을 쉬지 않고 놀렸다.

때론 몸을 적극적으로 이용하기도 한다.

마치 권사란 이런 식으로 싸워야 한다는 것을 몸으로 보여주기라도 하는 것 같다.

'한 방이. 제대로 된 한 방이 필요한데….'

검을 내려놓은 것은 잘한 선택이지만 역시 결정적인 한방이 없었다.

워낙 빠르게 공방을 주고 받다보니 힘 있는 한방을 준비하는 것이 어려웠다.

'이대로는 안 돼.'

결국 선택해야 했다.

강한 한방을 준비할 것이냐, 이대로 계속 할 것이냐.

쩌엉!

주먹을 통해 전달되는 묵직한 느낌이 연신 이어지고, 간간히 이어지는 상현의 공격은 재빨리 강기를 집중시켜 튕겨 낸다.

으드득!

이를 악문 휘가 선택한 것은.

휘릭.

강력한 한방의 준비였다.

재빨리 몸을 뒤로 뺀 뒤.

두 마리의 혈룡을 주먹에 집결시킨다.

쿠오오오오!

혈룡이 날 뛰면 날 뛸수록 휘의 주먹에 모여드는 내공의 양이 커지기 시작하고.

파괴적인 기운이 두 주먹에 서린다.

하지만.

스컥!

어느새 접근한 상현의 검이 날카롭게 파고든다.

그도 바보가 아닌 이상 휘가 큰 공격을 준비한다는 것을 모를 리 없다.

휘가 제대로 된 한방을 위해 약간의 시간을 필요로 한다면 상현은 그럴 필요가 없었다.

"큭!"

신음을 흘리며 물러서는 휘.

그러면서도 두 주먹의 기운은 풀지 않았다.

스컥!

날카로운 소리와 함께.

주륵.

휘의 팔에 날카로운 상처가 생기고 붉은 피가 흘러내린다.

상현의 검강이 마침내 휘의 몸을 감싸고 있던 강기를 뚫어 내버린 것이다!

이는 휘가 두 주먹에 내공을 집중시키며 다른 곳이 약해졌기 때문.

하지만.

덕분에 마침내 휘가 원하던 한 방을 준비 할 수 있었다.

드드드득!

콰직! 콰지직!

휘의 두 발이 묵직하니 땅을 파고 들고.

쿠오오오오!

두 마리의 혈룡이 주먹에 서린 채 크게 울부짖는다.

주먹 위로 솟아오르는 혈룡들.

"혈룡진천하(血龍震天下)!"

휘의 몸을 중심으로 붉은 기운이 회오리치고!

단숨에 사방을 집어 삼킨다!

거친 기의 폭풍 속에서 온 몸을 압박해오는 붉은 기운을 보며 상현은 이를 악물더니 자신이 끌어올릴 수 있는 모든 내공을 두 검에 집중시켰다.

우우우우!

미친 듯이 떨기 시작하는 두 자루의 검.

보검도 아니고 대장간에서 흔하게 볼 수 있는 검이기에 막대한 내공이 모이자 단숨에 부서질 듯 흔들린다!

"하앗!"

그 한계점에서 상현은 자신을 향해 날아드는 기운을 향해 검을 휘둘렀다.

쩡!

쩌저적!

검이 한계를 넘어 부러졌지만.

상현을 압박해오던 붉은 기운이 단숨에 갈라진다.

혈룡진천하가 처음으로 깨진 것이다.

하지만.

이는 휘도 각오를 했던 부분이다.

당연한 일이다.

지금 펼친 혈룡진천하는 진정한 의미에서 혈룡진천하가
아니었으니까.

쿠오오오오!

콰드득!

어느새 휘의 두 주먹에 서린 혈룡의 규모는 이전과 비교
할 수 없을 정도로 커져 있었고.

선명하게 모습을 드러내는 혈룡.

이것이야 말로 진정 휘가 준비한 강력한 한방이었다.

"혈룡파천권(血龍破天拳)!"

쿠와아아아!

교차로 힘 있게 휘둘러지는 두 주먹!

선명하게 모습을 드러내는 두 마리의 혈룡이 소리를 내
지르며 상현을 향해 날아간다.

쿠구구구!

거칠게 흔들리는 대지!

어마어마한 기운의 공세 속에.

상현은 허탈하게 웃었다.

완벽하게 당한 것이다.

"아무래도 늙은 모양이로군."

입이 쓰다.

분명 실력은 자신이 위였다. 그런데 너무 오랜 세월 제대로 된 싸움을 못했더니 그 차이가 지금 약점으로 드러났다.

그리고 놀랐다.

그 엄청났던 공격이 겨우 눈속임에 불과했다는 것.

'세월의 변화인가.'

쿠오오오!

점차 자신을 향해 달려드는 두 마리의 혈룡을 보면서도 상현은 피할 생각을 하지 못했다.

아니, 피할 수 없었다.

어느새 움직일 수 없도록 온 몸을 죄고 있는 붉은 기운들이 발목을 강하게 붙들고 있었다.

내공을 끌어올려 대항해보려 하지만.

방금 전의 일격에 순간적으로 많은 내공을 쏟은 덕분인지 쉽게 저항 할 수 없다.

잠시간의 공백.

그 공백이 문제였다.

"형!"

그때 그의 앞으로 달려든 것은 상황이 이상하게 돌아가자 달려든 하현이었다.

위이이잉!

하현은 단숨에 상현의 앞을 가로 막더니 온 힘을 다해.

두 마리의 혈룡을 향해 두 자루의 검을 집어 던졌다.

쿠아아아아앙!

굉음과 함께 순간 세상을 뒤덮는 붉은 빛!

파앗!

빛을 뚫고 두 사람의 신형이 빠르게 그곳을 벗어난다.

"후…."

길게 한 숨을 내쉬는 휘.

저들이 도망가는 것을 알면서도 휘는 뒤를 쫓을 수 없었
다.

"막 싸움과 다를 게 없군."

쓰게 웃는 휘.

그 말처럼 이번 싸움에서 얻을 수 있는 것은 거의 없었
다. 강기를 사용하고 막대한 내공을 퍼부었지만 결론만 놓
고 보자면.

이 싸움은 동네 건달들이 주고받는 주먹질과 크게 다르
지 않았다.

연신 부딪치며 온 몸에 강대한 충격이 전달되며 피로가
쌓였고, 그것이 한계에 이를 정도였던 것이다.

무공 고수로서 쉽게 경험해 볼 수 없는 일.

이런 상황에서 차라리 먼저 몸을 빼준 것이 고마울 정도
다.

"연속으로 싸웠다간…."

고개를 흔든다.

만약 동생이란 자가 도망치지 않고 달려들었다면 열이면 열, 휘의 패배로 끝났을 것이다.

"아직도 멀었군. 멀었어."

욱씬, 욱씬.

몸을 움직이며 피로를 털어낸 휘가 뒤로 돌아선다.

"그래서 언제까지 숨어 있을 셈이지?"

"…이거 들켰네?"

쑥스러운 목소리와 함께 천천히 모습을 나타내는 한 사람.

거대한 도를 등에 짊어진 젊은 사내.

"넌 누구지?"

"나? 네가 보자고 했다며. 나도 꽤나 이야기를 들었던 찰나라 바로 만나보고 싶어서 달려왔지."

갑작스런 이야기에 인상을 쓰는 휘.

누군지 쉽게 감이 잡히질 않는다.

그나마 그가 적이 아니라는 것은 다행이지만, 정체를 알수 없는 것도 사실.

다시 휘가 입을 열려고 할 때.

"반가워. 하우성이라고 한다. 쑥스럽지만 사황이란 이름으로 불리고 있다."

"…사황!"

휘의 뒤늦은 외침에 그는 부끄럽다는 듯 얼굴을 붉히며

손가락으로 얼굴을 긁는다.

"아직 그 정도는 안 되는 것 같은데 말이야. 이런 싸움을 보고 나면 더더욱."

쉽게 정신을 차릴 수 없었다.

분명 사황을 만나고자 했던 것은 사실이지만 그가 왜 이 자리에 있단 말인가? 그리고 왜 자신의 싸움을 지켜본단 말인가.

도저히 이해 할 수 없는 행동이다.

그것을 자신도 아는 듯 사황은 재빨리 입을 열었다.

"너무 예민하게 굴지 마. 나도 연락을 받긴 했는데 우연히 상황이 겹쳤을 뿐이니까. 이런 싸움을 하면서 다른 사람의 주목을 받지 않는 것이 더 이상하지 않을까?"

"……."

"그리고 말했잖아. 우연일 뿐이라고."

말과 함께 그가 손가락으로 먼 곳을 가리킨다.

와아아아—!

함성과 함께 일단의 무리가 빠른 속도로 전장을 향해 달려오고 있었다.

거대한 깃발을 휘날리며.

사황련(邪皇聯).

"봤지?"

자신의 말이 사실이라는 듯 어깨를 으쓱이는 그를 보며 휘는 생각이 복잡해진다.

설명을 듣지 않아도 알 수 있었다.

사황련이 정도맹에 대응하기 위해 사파에서 만든 거대 연합체라는 것을 말이다.

이 역시.

휘가 알던 미래엔 없던 내용이었다.

"이 정도면 오해를 풀렸을 것 같고. 그래서 왜 보자고 한 거야? 나 배고프니까 좀 짧게 이야기 했으면 좋겠는데. 아! 혹시나 이야기가 길어질 것 같으면 밥 먹고 다시 보면 안 될까?"

천진난만하게 이야기하는 그를 보며 휘는 한 사람을 떠올린다.

분명 자신은 아니라고 하겠지만 사황과 그는 닮아 있었다.

차돌과 말이다.

暗黑君临 55章

빛 한 점 들어오지 않는 폐관실.

미세하게 폐관실에 불어오는 바람만이 이곳이 완전히 밀폐가 되지 않았음을 알려줄 뿐.

사방 분간이 되지 않는 깃은 똑같다.

"후우."

그때 어둠을 뚫고 작은 숨소리가 들려오더니.

팅!

짧은 소리와 함께.

화르륵!

벽을 따라 불이 붙으며 폐관실을 환하게 밝힌다.

일렁이는 불빛 속에 천천히 몸을 일으키는 노인.

아니, 노인이라고 부를 수 있는 상대인 것인지 의문스러울 정도로 그는 몸이 좋았다.

단지 백발을 하고 있을 뿐.

몸을 잘 단련한 젊은 사내와 크게 다를 것이 없는 몸을 지는 그는 익숙한 듯 자리에서 일어나 가볍게 몸을 움직이곤 한쪽에 마련되어 있는 우물에서 물을 퍼다 가 단숨에 들이킨다.

"후! 시원하군."

촤악!

연이어 물을 떠다 머리부터 쏟아내는 그.

차가운 물이 몸을 적시며 정신이 번쩍 든다.

"시간이 제법 흐른 것 같은데 얼마나 흘렀지?"

이곳에 들어온 것이 오래 된 것은 분명한데 시간이 얼마나 흘렀는지는 짐작 할 수가 없다.

수련에 집중을 하다 보니 날이 가는 줄도 몰랐던 탓이다.

다만 확실한 한 가지는.

꽤 많은 시간이 흘렀을 것이란 사실이다.

"머리카락만 아니면 나이를 속여도 되겠는데 말이야."

우물에 비치는 자신의 얼굴을 보며 그는 웃었다.

편안해 보이는 웃음.

"철저하게 계획을 짜 주기는 했는데, 과연 제대로 실행에 옮겼을까? 옮겼다면 칭찬을 해줘야 할 테고… 실패했다면 실패한 대로 벌을 내리면 되겠지. 세상이라는 것이

내 뜻대로 움직이는 것도 아니고."

연신 무엇이라 중얼거리며 낡은 옷을 단숨에 벗어 던진 그는 한쪽에서 깨끗하게 정돈되어 있는 옷을 꺼내어 하나둘 입기 시작한다.

한 눈에 봐도 최고급의 재질로 만들어진 옷은 그에게 딱 맞추어 놓은 듯 완벽하다.

우물에 몽을 비추며 이리저리 살피던 그가 마침내 오랜 시간 접근도 하지 않았던 곳으로 향한다.

폐관실의 한쪽에 만들어진 동굴.

이곳을 드나들기 위한 유일한 출입구.

크진 않지만 잘 다듬어진 동굴을 한 참 걸어 도착한 곳엔 만년한철로 만들어진 것이 확실해 보이는 큰 문이 떡하니 자리를 잡고 있었다.

남들에겐 도저히 뚫을 수 없는 문처럼 보이지만 사내에 겐 아무런 문제가 될 것이 없었다.

당연하지 않은가.

이곳에 스스로 들어왔으니 스스로 나갈 방법도 있는 것이다.

쿠르르릉!

문 옆의 쇠사슬을 슬쩍 당기자 기관이 작동하며 굳게 닫혀 있던 문이 위로 올라가며 문이 열리기 시작한다.

완전히 열린 문.

"하늘 한 번 좋군."

구름 한 점 없는 푸른 하늘이 그의 눈에 들어오고.

스르륵!

"주군을 뵙습니다!"

온 몸을 흑의로 감싸고 검은 복면으로 얼굴까지 숨긴 일련의 무인들이 모습을 드러내며 오체투지한다.

"오! 너희도 참 오랜만이로구나."

처척!

사내의 말에 더욱 깊이 고개를 숙이는 그들.

"내가 얼마나 오래 있었지?"

"오 년입니다."

"오 년? 이거… 제법 시간이 흘렀을 것이라 생각은 했지만."

오년이란 시간을 저 안에서 보냈다는 것을 안 그는 고개를 내저었다.

물론 그 시간만큼 얻는 것이 있긴 했지만… 다시 들어가라면 못 할 것 같다.

"다시 들어 갈 생각도 없으니… 이건 이제 필요 없으려나?"

뒤돌아 폐관실의 입구를 본 사내는 가볍게.

아주 가볍게 손을 휘둘렀다.

그 순간.

쩌어어억!

귀를 찌르는 굉음과 함께 만년한철로 만들어진 문에 금이 가더니 곧.

우르르르!

콰르릉!

동굴이 무너져 내렸다.

아무렇지 않게 보인 한 수에 그것을 보던 사내들의 어깨가 부들부들 떨린다.

"그럼 그동안의 이야기를 좀 들어볼까?"

"준비하고 있습니다."

"됐고, 녀석들을 불러."

앞장서서 걸으며 말하는 사내.

어느새 모습을 드러냈던 자들은 한 사람을 제외하곤 다들 몸을 감춘다.

"녀석들이라 하시면?"

"그놈들 밖에 더 있겠어? 잘난 내 제자들."

사내의 말에 그는 고개를 숙인다.

"자, 얼마나 컸으려나? 날 만족시켜줬으면 좋겠는데 말이야."

낮게 중얼거리며 움직이는 사내.

그 발걸음의 끝에는.

꽤 오랜 시간 주인의 발길이 끊어졌던 곳.

일월신교의 최심처.

일월전(日月殿).

오직 일월신교의 주인만이 머물 수 있는 그곳이었다.

"하! 날 좋네, 좋아."
그가 웃으며 하늘을 바라본다.
눈이 아플 정도로 푸른 하늘을.

일월신교주.
그가 돌아왔다.

〈6권에서 계속〉